나의 아름답고 추한 몸에게

'아무 몸'으로 살아갈 권리

나의 아름답고 추한 몸에게

'아무 몸'으로 살아갈 권리

김소민

한겨레출판

추천의 글

김소민의 글에 배어 있는 유머를 좋아한다. '분노'에서 시작한 글이라고 하지만 분노 유발자에게 화를 쏟아내지 않는다. 화가 나고 원망스러운 순간에도 그는 손톱만큼의 여유라도 찾아 웃음을 만든다. 이런 유머는 궁극적으로 삶에 대한 사랑에서 나온다고 생각한다. 읽다 보면 글쓴이와 친구가 되는 기분이다.

이 책은 다양한 몸을 화두로 삼았지만 궁극적으로 '관계'와 '사랑'을 말한다. 다른 몸을 배척하고 타인의 취약함을 조롱의 대상으로 삼는 일이 극심해지는 사회에서 서로의 약함을 끌어안을 수 있는 관계에 대하여. 모든 생명은 관계 속에서 살아가고 성장한다. 그것이 돌봄이 품은 '살리는 힘'이다. 타인의 체온이 전하는 감각, 안부를 물어보는 말 한마디가 우리를 살린다.

글쓴이의 솔직한 분노 속에서 조금이라도 다른 생명을 살리고픈 '인기척'을 느낀다. 당신은 혼자가 아니다, 여기 나도 있다, 지금 내가 당신에게 가고 있다며 글쓰기로 온 세상을 향해 인기척을 낸다. 서로에게 인기척을 내는 관계의 가능성을 말한다.

_이라영, 예술사회학 연구자·《폭력의 진부함》 저자

'눈이 1밀리미터만 옆으로 더 찢어졌더라면…'으로 시작한 이야기가 예측할 수 없이 다양한 세계로 나를 데려간다. 초등학교 운동장에서 노는 어린 여자들부터 난데없이 북한에 떨어진 여자주인공이 나오는 드라마 '사랑의 불시착', 장애인들의 지하철 시위, 개를 산책시키며 만난 사람들의 '개모임', 공장식 축산의 동물들까지…. 다음은 어디지? 누구지? 어디까지 가는 거지? 불안도 가득하고 지성도 가득하고 허당끼도 가득하고 다정함도 가득한 그를 따라가면 갈수록 다음 이야기가 더 궁금해져서 마음이 들썩인다. 그의 곁에서 보니 세상도 세상이지만 무엇보다 내 유년과 청춘의 시절이 다르게 보인다. 너무 당연해서 그런 게 차별인지도 몰랐던 것들이 줄줄이 소환되어 새삼 원통하면서도 한 번도 주인이었던 적 없는 내 몸이 궁금해지는 것이다. 내 인생인데, 내 몸의 주인이 내가 아니었다는 걸 이제 깨닫다니, 40년 넘게 나는 허방 짚었다.

자본주의적 효율성에 저항한다는 장애인운동을 하면서도 나날이 내 몸의 효율성이 떨어지는 게 두렵다. 남의 약함은 차별하면 안 된다고 큰소리 뻥뻥 치면서도 내 약함은 아무에게도 안 들키려고 오늘도 분투한다. 도저히 그 저주에서 벗어날 수 없는 것이다. 아무도 내가 챙넓은 모자를 쓰고 춤을 추건 말건 관심 없다는 사실을 끝내 머리로만 알다가 인생이 끝날 것 같다. '내 몸은 내 부끄러운 식민지. 관리와 착취의 대상.' 나도 김소민처럼 언젠가는 내 몸의 이야기를 들을 수 있을까? 내 몸속에도 필시 김소민이 들려주는 것처럼 이렇게 많은 이야기가 있을 것이다. 아, 벌써부터 듣기가 싫고 부끄럽다. 나의 몸을 있는 그대로 보기 위해 얼마나 많은 타자의 몸이 필요한지, 그 몸이 하는 말을 제대로 듣기 위해 얼마나 많은 목소리를 들어야 하는지, 이 책을 통해 배웠다.

그걸 찾아가는 여정이 얼마나 지난한지, 동시에 얼마나
눈물겹고 신나는 일인지도.

_홍은전, 인권·동물권 기록활동가·《그냥, 사람》 저자

'눈이 옆으로 1밀리미터만 더 찢어졌으면 팔자가 달라지지 않았을까?'

웬만한 것에는 혹하지 않아야 할 나이 '불혹'을 훌쩍 넘겼는데 나는 여전히 성형수술 비포&애프터 사진에 혹한다. 창피해서 혼자 몰래 클릭한다. 내가 선택한 건 아닌데 내 안에 깊이 아로새겨진 '아름다운 몸'의 기준 탓에 괴롭다. 내 몸이 내 적이 되기 때문이다. 내 몸이 곧 나다. 존엄은 내 몸으로 느끼는 것이다. 내 몸에 친절하지 않고는 나와 친구가 될 수 없다. 자기와도 친구가 될 수 없는 삶은 외롭다. 그런데도 이런 생각을 멈출 수 없다. '코가 좀 더 높았더라면…'

자기를 사랑하라는 말을 들으면 화가 난다. 혼자 정신

을 수양하면 가능할까? 자기를 향해 아무도 미소 짓지 않아도 자신을 사랑할 수 있을까? 자신이 존엄한 존재인지 느끼려면 타인의 예의가 필요하다. 이 책은 '분노'에서 시작했다.

개그맨 이주일은 '못생겨서 죄송하다'고 했다. 20세기에는 그러면 못생김을 좀 봐줬던 것 같다. 요즘엔 못생기면 '핵토' 소리를 들을 수 있다. 토할 정도로 혐오스럽다는 거다. 이상하지 않나? 잘못한 게 없는데 왜 혐오의 대상이 되어야 할까? 그런데 '혐오' 앞에 붙는 말들을 떠올려보면 대개 그렇다. 유색인, 장애인, 외국인 노동자, 여성, 성소수자 그리고 동물들(개새끼, 닭대가리, 돼지새끼…). 이들의 공통점은 악한 존재가 아니라 상대적 약자라는 거다. 모두 똥 싸고 땀 흘리고 죽을 존재인데 자기 안에서 지우고 싶은 것들을 타자에게 덮어씌운다.

혐오의 대상을 구별하는 핵심은 몸이다. 몸이 차별의 근거가 된다. 혐오는 이분법을 타고 흐른다. 남성/여성, 문명/야만, 장애/비장애, 젊음/늙음…. 이분법에는 위계가 있고 혐오는 은유를 타고 확장된다. 젊음은 혁신의 은유, 남자답다는 용기의 은유, 아름다움은 선함의 은유가 된다. 은유에는 논리가 없고 설명이 필요 없다. 스며들 뿐이다. 맞서 싸우기 힘들다. 그래서 몸의 차이를 근거로 차별하면 쉽게 오래 착취할 수 있다. 착취당하는 사람 스스로 자신을 혐오하게 되니까.

약함을 몰아내면 악함이 들어온다. 내가 나를 대하는 태도도 비슷했다. 몸은 머리의 지배를 받는 식민지여야 했다. 몸은 내 인정욕구를 채워주기 위해 채찍질해야 할 도구였다. 가치 있는 사람이 되려면 내 몸 이곳저곳을 깎아내야 할 것 같았다. 늙어가니 보기 싫은 구석이 늘어간다. 생산성 떨어진 내 몸은 쓸모없는 것이 될까 두렵다. 보기 싫은 구석들을 다 도려낸다면 아마 나는 뼈만 남을 거다. '아, 굽은 정강이뼈가 콤플렉스이니 뼈도 못 추리겠구나.' 내가 내 몸을 바라보는 시선으로 타인을 본다.

내 몸을 사랑한다는 게 뭘까? 언제 사랑받는다고 느낄까? 뒤틀리고 괴상하고 약한 내가 그대로 받아들여졌다고 느꼈을 때다. 평가 없이. 그런 사랑은 받지 못할 거 같은데, 그대로 껴안아주지 않는 사랑은 사랑 같지 않으니 어쩌자는 걸까?

똥 싸고 땀 흘리는, 있는 그대로의 자신으로 받아들여지고 싶은 열망은 끈질기다. 포기할 수 있는 게 아니다.

아무리 부정하려 해도 우린 모두 안다. 우리는 취약하고, 취약함으로 서로를 알아본다. 취약함을 드러내도 되는 존재를 사랑하게 되고, 사랑스러운 것들은 취약한 데가 있다. 취약한 데가 없으면 인간이 아니라 AI 같다. 슈퍼맨에게는 크립토나이트가 있고 배트맨에게는 부모를 잃은 슬픔이 있다.

영화 〈아바타〉에서 판도라 행성에 사는 나비족은 죽어가는 친구를 살리려 영혼의 나무를 둘러싸고 앉는다. 그들의 머리카락은 나무와, 손은 서로와 연결돼 있다. 다 함께 기도를 외며 몸을 앞뒤로 흔든다. 파동은 동심원을 그리며 퍼진다. 평생 트라우마를 연구해온 베셀 반 데어 콜크는 1997년 남아프리카공화국의 한 시골 마을에서 비슷한 장면을 보고 《몸은 기억한다》에 기록했다. 그가 다녀온 시골 마을은 폭력이 난무하는 곳이었다. 총소리가 들리는 어느 날 밤, 성폭행 피해자들이 모였다. 기력 없이 굳은 표정들이었다. 그런데 한 여성이 노래를 흥얼거리며 몸을 앞뒤로 흔들기 시작했다. 한 명, 또 한 명, 모두 노래 부르며 춤을 췄다. 얼굴에 생기가 돌아왔다. 그는 이 광경에서 트라우마를 극복하는 방법 하나를 깨달았다. 지독하게 사회적 존재인 인간은 연결 속에서

만 안전함을 느낀다. 그 연결은 타인의 몸짓에 조응하며 몸으로 느껴야 한다. 내 몸 자체가 연결의 증거물이다. 린 마굴리스가 쓴 《공생자 행성》에 따르면, 우리는 세균으로부터 왔다. 영양분을 에너지로 바꿔주는 우리 몸속의 미토콘드리아는 내 DNA가 아니라 세균과 닮았다.

대체 고통의 의미 같은 게 있을까? 의미가 없다면 왜 견뎌야 할까? 이런 순간을 살아내게 하는 건 밤에 핸드폰이 뜨거워질 정도로 친구와 주거니 받거니 하는 쓸데없는 농담들이다. 가수 양준일 팬인 엄마 성화에 못 이겨 콘서트 예매 클릭질을 하다 보면 절망의 순간들이 지나간다. 드라마를 보다 울고 있으면 강아지 몽덕이가 달려들어 얼굴을 핥아댄다. 짭짤한 눈물이 맛있나 보다. 개 산책하다 만난 강아지 땡구 엄마가 동태탕을 많이 끓였다며 한 그릇 담아 우리집 문 앞에 두고 갔다. 고통은 잊히지 않을지 몰라도 강아지의 침과 엄마의 성화와 이웃이 끓인 동태탕으로 견뎌진다. 나이가 들수록, 삶이 만만치 않다는 걸 절감할수록, 실은 내가 그리 대단한 존재가 아니라는 걸 깨달을수록 사랑은 연민을 닮아간다. 자신의 약함을 절감할수록 연민의 폭은 넓어진다. 그런 연민은 다정하고 평등하다. 그 다정함이 나를 구원할 거다.

차례

CHAPTER1

관리당하는 몸

몸뚱이를 사랑해 달라고

어느 술자리가 잊히지 않는다. 10년 지났는데도 생생하다. 회사 앞 통닭집이었다. 네 명이 맥주를 퍼마셨다. 그때 한 친구가 웃으며 말했다.

"야, 네 얼굴 완전 귤껍질이네."

내 여드름을 보고 한 말이었다. 마음속 저글링이 시작됐다. 공 다섯 개쯤 동시에 돌리는 작업이다. 정색하면 분위기 깬다. 우아하게 대처해야 한다. 얼굴을 굳히면 내가 그의 지적을 '사실'로 받아들였다는 뜻이 된다. 그때 내 몸이 술자리 안줏거리가 된 것 같았다. 인간이 아니라 노가리가 된 듯한 기분 말이다. 그 발언엔 그의 우월감도 드러난다. 타인에 대한 모욕 뒤에는 자기 위치를 확인받고 싶은 욕망이 있으니까. 내 몸은 그런 타인의 욕망을 충족해주는 도구가 된 듯했다. 이런 감정의 회오리 속에 저글링을 하는 건 힘든 노동이다(게다가 무임금이다). 내 표정은 아마도 웃는 듯 우는 듯 화난 듯 즐거운 듯 못 들은 듯 아리송했을 거다.

내 몸이 오래 수치스러웠다. 이 사실을 인정하는 데도 오랜 시간이 걸렸다. 어제 일도 가물가물한데 10년 전 친구가 "넌 가슴이 없냐?" 했던 말을 들은 순간은 4D로 재생된다. 아닌 척했지만 이는 내 몸에 대한 타인의 시선이 내 정체성 깊숙이 침투하고 있다는 방증이다. 추함엔 변명의 여지가 없다. 애초에 추함의 논리적 이유 따위는 없다. 설명이라고 해봤자 인간이 그렇게 생겨먹었다거나(진짜 그런지는 알 수 없다) 문화가 그렇다는 건데(그 문화가 왜 꼭 그래야만 하는지는 알 수 없다) 거기에 어떻게 반박하겠나. 기준이 오락가락하거나 모호할 때도 많다. 그러니 그 기준에 맞추려면 긴장을 늦춰서는 안 된다.

안다. 누구를 위한 아름다움이겠나? 이런 아름다움의 열망에 휘둘리면 자기혐오만 커지고 자기 인생에서 관객의 자리로 스스로 밀려나게 된다. 그런데도 벗어날 수가 없다. 내일모레 반백 살인데도 나는 그 저주에서 헤어날 수 없다. 매력 없는 여자는 사랑받지 못할 거라는 불안은 내 이성을 압도하고도 남는다. 사랑받지 못하는 삶보다 더 두려운 게 있을까? 그 공포 앞에서는 논리고, 배움이고, 경험이고 다 떠내려가 버린다.

박민규의 소설 《죽은 왕녀를 위한 파반느》는 못생긴 여자와 그를 사랑하는 한 남자의 이야기인데, 읽다 보면 부아가 치민다. 작가의 말을 보면 소설은 다음 질문에서 시작됐다. 작가의 아내가 물었다. "내가 아주 못생긴 여자라면… 그래도 날 사랑해줄 건가요?" 당시 그는 자신이 "못생긴 여자를 결코 사랑할 수 없는 인간"이었다고 고백한다. 작가가 그 '힘든 일'이 가능하게 보이는 소설을 쓰는 데 10여 년이 걸렸다. 작가는 이 사랑을 설득하기 위해 여러 장치를 뒀다. 못생긴 여자주인공은 클래식을 즐기고 똑똑하고 독립적이며 사려 깊고 능력 있다. 그 걸로는 모자란다. 남자주인공은 가족사 탓에 아름다운 인간에 대한 불신이 있다. '못생긴 여자'가 사랑받으려면 이 많은 조건을 다 갖춰야 한다. 나는 이 소설이 사랑 얘기가 아니라 호러물 같았다. 작가의 말마따나 "부와 아름다움은 우리를 지배하는 가장 강력한 이데올로기"다. 그러니 내 작은 눈을 보면 그런 생각이 든다. '너만 아니었으면.' 그 많은 밥을 먹고 그 많은 똥을 싸고도 내 몸을 저주하는 나 자신이 수치스러워진다. 내 몸이 수치스럽고, 내가 내 몸을 수치스러워 한다는 사실이 수치스러운 쌍끌이 수치다. 그런데 내가 피해자이기만 한가?

고등학교 때 '화생방'이라고 불리는 애가 있었다. 입냄새가 난다고 그런 별명이 붙었다는데 진짜인지는 모른다. 아무도 그 애랑 말을 섞지 않았다. 그 애를 바라보던 내 마음속을 뒤져보면 연민 뒤에 안도감이 도사리고 있다. '추한 냄새'를 지닌 몸, 반 아이들 전체의 혐오를 받아내는 바가지로 그가 있었기 때문에, 그와 나 사이 경계 때문에, 내가 안전하다고 느꼈다. 그와 거리를 둘수록 모욕으로부터 보호받았다. 우리 안에 있는 불안과 수치의 투사물이자 인간 방패로 그 애는 홀로 서 있었다.

김원영은 《실격당한 자들을 위한 변론》에서 연세대학교 '대나무숲'에 올라왔던 한 글을 소개한다. "내가 처음으로 '못생겼다'는 것을 알게 된 것은 중학교 2학년 때였다. (…) 나는 못생겼다는 이유로 온갖 욕설이 적힌 책상에서 욕설이 적힌 교과서로 공부를 해야 했고, 남자아이들과 실수로 부딪히기라도 하면 부딪힌 부분을 유난스레 털어내는 그 아이에게 욕을 먹어야 했다. '아, 더러

워. 역겹네, 옷 빨아야겠다. 아님 버릴까?' 사방에서 쏟아
지는 낄낄거림은 덤이었다. 그중에서 가장 듣기 싫었던
말은 '핵토'였다."

핵토. '끔찍하게 혐오스럽다'라는 뜻이다. 아이들은
글쓴이를 오염물질 대하듯 한다. 사랑받지 못하는 것도
열불 나는 일이지만 그렇다고 치자. 왜 '못생긴 건' 혐오
의 대상이 됐나. 요즘에는 중고등학교 여학생들까지 화
장을 하는데, 나는 두려움 때문이라고 생각한다.

철학자 마사 누스바움은 《혐오와 수치심》에서 정신
분석·문학 등을 몽땅 동원해 이 두 감정의 뿌리를 짚는
다. 오염·전염을 떠올리게 하는 오줌, 똥, 콧물, 끈적끈
적한 체액은 원형적 혐오 대상이다. 이 이미지들은 비약
을 거듭한다. 인간이면 가질 수밖에 없는 동물성과 유한
성에 대한 두려움을 타인에게 투사하면서 혐오는 자란
다. 승자만 지배하는 환경에서는 더 잘 자란다. 자신 안
에서 지워버리고 싶은 것을 타자에게 덮어씌우고 자기
에게는 없는 척한다. 이상적인 남성성에 대한 환호는 여
성혐오로 완성된다. 이상적인 몸은 추한 몸이 없으면 있
을 수 없다. 인종주의, 동성애에 대한 거부의 근간에도
이런 투사가 똬리를 틀고 있다. 누스바움은 이를 동물과

인간 사이 '완충지대'를 만들려는 욕망이라고 해석한다. 그렇게 경계 뒤에 숨어야 자신 안의 취약함이 보이지 않는다. 못생긴 사람들은 그 '완충지대'에 세워진다.

혐오에는 위계가 따른다. 누스바움은 장구한 역사를 자랑하는 혐오 투사물의 대표 격은 여성이라고 설명한다. 그는 《혐오와 수치심》에서 이렇게 말한다. "유약하고 끈적거리고 유동적이고 냄새나는 존재로서 여성의 몸은 오염된 불결한 영역으로 상상되어왔다."

아담은 이브의 유혹으로 타락하지 않았나. 《못생긴 여자의 역사》를 쓴 클로딘느 사게르는 "남성은 정신으로 여성은 번식으로 설명되어왔다"고 했다. 몸이 여성의 자아존중감에 중심으로 밀고 들어온다. 바르면 가슴이 커진다는 크림을 파는 광고에서 한 여성은 이렇게 말했다. "여자의 자존심은 가슴이잖아요."

'핵토'. 토가 나올 것 정도로 혐오한다면, 타인을 지르밟아 감추려는 자기 안의 불안이 핵폭탄급이라는 뜻일지도 모른다. 리처드 윌킨슨과 케이트 피킷이 쓴 《불평등 트라우마》를 보면, 소득불평등 수준이 높은 사회일수록 지위고하 막론하고 불안과 사회적 평가 위협에 시달린다. 이런 사회일수록 외모에 대한 압력이 심하다.

불안을 없애는 쉬운 방법은 위계를 확인하는 거니까. 외모는 바로 확인할 수 있는 위계니까. 외모는 개인의 가치를 드러내는 가격표가 된다. 뱃살이 늘어진 건 무능의 증거다. 주름이 느는 것도 자기 관리 부족이다. 여자라면 더더군다나 그렇다. 그렇게 약자에 원인을 돌려야 자신과 '그들' 사이 거리를 더 넓히고 모욕으로부터 안전해질 수 있다. 서로를 협력의 대상으로 보는 곳에선 지위를 과시해 자신을 지킬 필요가 없다.

발이 너무 커서, 가슴이 너무 작아서, 허벅지가 굵어서…. 친구들에게 자기 몸을 어떻게 생각하는지 물어봤다. '완벽한 정상성'의 기준은 어찌나 높은지, 등심·안심·갈매기살을 나누듯 부위별로 완수해야 할 목표가 촘촘하다. 거기서 벗어난 부위는 어디 내놓기 창피하다. 마사 누스바움은 수치심을 이렇게 분석했다. 모든 아기는 자신이 세상의 중심이 아니며 전지전능하지 않다는 것을 깨달아 가는데 그 과정에서 탄생하는 감정이 수치심이다. 자신의 불완전함을 껴안고 타인과 상호의존하며 아이는 성숙해간다. 그렇지 못했을 때, 타인에게 낙인찍거나 타인을 통제하며 자기 안의 수치심을 해결하려 한다. 완전함, 정상성에 집착하는 사회일수록 타인을 향한 공격으로 자신의 치부를 숨기려는 시도는 늘어난다.

"모든 사람은 벌거벗고 가난하게 태어나며, 삶의 비참함, 슬픔, 병듦, 곤란과 모든 종류의 고통을 겪게 마련이며 종국에는 모두 죽게 된다. (…) 인간을 사회적으로 만드는 것은 바로 이러한 인간의 연약함이며, 우리 마음을 인간애로 이끌고 가는 것은 우리들이 공유하는 비참함이다."(장 자크 루소, 《에밀》, 《혐오와 수치심》에서 재인용)

자기를 수용하지 못하면 결국 약자를 공격하거나 조정하게 된다. 내 몸의 추함이 수치스러울수록 그 수치심을 타인에게 투사할 가능성이 커진다. 늙어갈수록 더욱 '곤란한 몸'이 될 텐데 이러다간 못된 노인이 될까 두렵다. 평생 찾아 헤매는 사랑은 어떤 건가? 똥 싸고, 방귀 뀌고, 땀 흘리고, 주름지고, 결국엔 뭉그러질 이 몸뚱이를 있는 그대로 어루만져주는 따뜻한 손길이다. 아무래도 타인에게서 그 손길을 찾기는 어려울 것 같다(부모도 그런 손길을 잘 주지 못한다). 그래서 이제라도 늙어가는 내 몸을 사랑하고 말겠다고 결심했는데, 여전히 거울을 보며 생각한다.

'눈이 1밀리미터만 옆으로 더 찢어졌다면…'

44사이즈가 돼야 얻는 사랑이라면

"작가 언니, 남편이 교수인데 이혼하잔대. 객관적으로 봤을 때 언니가 문제야. 열심히 사는 건 좋은데 여자로서 도통 꾸미지를 않아. 쉰 된 여자가 화장도 안 해. 그러니 남편 입장에선 싫증 안 나?"

임성한 작가의 드라마 〈결혼작사 이혼작곡〉에서 '작가 언니'와 함께 일하는 아나운서 부혜령은 이렇게 말했다. 이게 무슨 쌍팔년도 대사인가, 욕하면서 보고 있다. 이 대사는 내 이성으로는 창피해서 인정할 수 없는, 하지만 내 안에 깊숙이 스며든 두려움을 자극한다. 못생기면 사랑받지 못할 거고, 사랑받지 못하면 내 가치가 사라져버릴 것 같은 공포 말이다. '여자 팔자 뒤웅박 팔자' 같은 말을 듣고 자란 세대라 더 그럴 테다. 이런 협박이

사라진 것 같진 않다. 한 프로그램에서 여자아이가 사촌 오빠랑 놀다 얼굴을 긁혔더니 진행자가 이렇게 말했다. "아이고, 딸이라 더 속상하시겠어요." 왜 '더' 속상한가?

사랑은 언감생심, 멸시만 당하지 않아도 다행이다. 나는 때로 마스크를 쓰는 게 더 좋다. 얼굴을 가릴 수 있어서다. 얼굴에 여드름이 나면 주변 호의의 온도가 바뀐다. 나에 대한 내 친절도 달라진다. 뾰루지 따위에 내 가치가 휘둘릴지 모른다는 불안을 드러내서는 안 된다. '그런 사소한 것'에 발끈하는 찌질한 사람이 될 수 있다. '그런 사소한 것' 때문에 20년 동안 잊지 못하는 말을 들어도 그렇다. 바다로 엠티 가는 길, 차 안에서 한 선배가 이렇게 말했다.

"창문 열고 얼굴 소독 좀 해."

내 마음속 '데스노트'에 20년간 자기 이름이 있다는 걸 그는 모를 거다. 나는 내 반려견인 몽덕이를 맹견으로 교육 중이고 언젠가 그에게 파견할 거다.

복수할 대상이 선배면 다행인데, 딸의 외모를 신랄하게 지적하는 사람이 엄마일 때가 많다. '기준'을 맞추지 않았을 때 당할 모멸을 알기에 가장 사랑하는 사람을 그 시선으로 통제한다. 통제당했던 사람이 통제하는 사람이 된다. 김정은 씨(25세)는 미간을 찡그리는 엄마의 표정을 알고 있다. 딸들의 몸무게가 늘거나 피부에 뾰루지가 났을 때다. 정은 씨가 지독히 싫어하는 표정이다. 엄마는 "여자는 머릿결, 피부, 귀티가 중요하다"고 정은 씨가 어릴 때부터 말했다.

"대학에 들어간 뒤 '탈코르셋'을 했어요. 자유로워지고 싶어서요. 그런데 제가 그만두지 못한 게 있어요. 샤워하면서 제 배를 확인하는 거요. 제 가치가 체중과 연결된 거 같아요. 뚱뚱해지면 사회에서 열외가 될 것 같아요."

정은 씨는 공기에 밥을 많이 펐다 싶으면 반을 덜어낸다.

"화장을 쉽게 그만둘 수 있었던 건 제 피부가 좋은 편이기 때문이 아닐까도 생각해요. 또 꾸미면 진지하지 않은 사람으로 여겼는데 그 또한 가부장적 시선을 내면화한 것은 아닌지 고민돼요."

'아름다움'만큼 효과적인 통제 도구가 없다. 모멸만큼 강력한 협박 도구도 없다. 기준이 자의적일수록, 일상적일수록, 욕망이 될수록 통제 효과는 커진다. 통제당하는 사람이 알아서 스스로 일상을 감시해주니 말이다. 왜

44사이즈여야 하나? 이유가 없다. 뭐가 됐든 기준을 어길 경우, 처벌은 강력하다. 《말하는 몸》에서 "뚱뚱하다"는 대학생 이나연은 중학생 때 몸이 닿기만 해도 더럽다는 듯 털어내던 같은 반 아이를 기억한다. 음식을 먹는 모든 순간, 내면에 장착돼버린 CCTV가 돌아간다.

몸은 자아의 전시장이라 '개성'이 드러나야 하지만 '기준'을 벗어나서는 안 된다. '관리 실패'는 무능을 드러내는 것이니 모욕당하고 자기를 혐오할 이유가 된다. 그런데 또 너무 관리하면 '성괴'라고 욕먹는다. 자기관리를 하라고 옥죄면서 최고 미덕으로 꼽는 건 '자연미인'이다. 어쩌라고. 공포는 '돈'이 된다. 함인희는 '1960년대 이후 한국 사회의 몸의 '식민화' 현상 연구를 위한 탐색'이라는 글에서 몸이 자본의 '식민지'가 됐다고 썼다. 1960년대부터 2003년까지 월간지 《여성동아》 광고를 훑어보니, 피부 등 몸 관리 관련 광고가 1972, 1973년에 18개이던 게 2001년에는 220개로 늘었다. 특히 1990년대 중반 이후 다이어트 광고가 폭발해, 1991년 12개에서 2001년에는 104개로 뛰었다. 이제는 남성도 외모 압박에서 예외 대상이 아니다.

그래서 어쩌라고? 《무엇이 아름다움을 강요하는가》

를 쓴 나오미 울프나 《실격당한 자들을 위한 변론》을 쓴 김원영이 제시하는 '해법'은 모호해 보인다. '결단'이다. '아름다움'을 재정의하겠다는 결단, 내가 내 아름다움을 발견하겠다는 결단. 세상이 나를 존엄하지 않게 대하더라도 나를 존엄한 존재로 선언하겠다는 결단. 내 몸의 자유를 누리겠다는 결단. 그리고 이런 결단을 서로 부추겨주는 연대라고 한다. 멋있는 말이지만, 그 결단은 매 순간 흔들릴 거다. 매 순간 질 것 같다. 그런데 질 줄 알면서도 애써보는 수밖에 없다. 자기한테까지 미움받으며 살기는 싫으니까.

무엇보다, 내가 갈망하는 건 내 고유함을 알아봐주는 사랑이기 때문이다. 개별성을 봐주지 못하는 사랑이 사랑인가? 44사이즈가 되어서만 얻을 수 있는 사랑이라면 애초에 사랑인가? 개별성을 알아보려면 몸에 스민 그 사람의 이야기를 탐지해야 한다. 집중력과 시간이 필요하다. 셀린 시아마 감독의 영화 〈타오르는 여인의 초상〉에서 두 여자의 사랑은 서로를 오래 바라보는 데서 시작한다.

화가 마리안은 엘로이즈를 집중해서 관찰할 수밖에 없다. 엘로이즈 몰래 초상화를 그려야 한다. 마리안이 처음 완성한 초상화를 보고 엘로이즈는 "이건 내가 아니야"라고 말한다. 마리안은 "그림에는 관습과 규칙이 있어"라고 답한다. 둘이 사랑을 확인하는 순간은 마리안이 관습과 규칙을 벗어나 엘로이즈를 그대로 볼 때다. 마리안이 엘로이즈에게 말한다.

"너는 당황할 때 입술을 깨물고, 화가 나면 눈을 깜박이지 않아."

엘로이즈가 마리안에게 말한다.

"너는 평정심을 잃으면 눈썹이 올라가고 당황하면 입으로 숨을 쉬지."

시간이 지날수록 초상화는 엘로이즈를 닮아간다. 두 사람의 시선은 평등하게 오고 가고 사랑은 "평등함이 주는 평화" 속에서만 가능하다.

엘로이즈의 크고 푸른 눈과 마리안의 깊은 갈색 눈이 평등하게 서로 바라보기는 쉽다. 그런데 도자기 피부와 거친 피부는 평등할 수 있을까? 어디까지를 나의 개성으로 껴안을 수 있을까? 바른말만 하는 TV 뉴스를 보면 뚱뚱한 여자, 늙은 여자, 장애인은 기자나 앵커로 나오지도 않는다. 내 개별성을 알려면 오래 바라봐야 한다는데 눈길이나 주려나?

내 고유함이 내게 고통을 준다면 지켜야 할까? 그래서 그 '고통'을 없애버린다면 나는 나일까? 스콧 스토셀은 평생 불안증으로 생고생을 했다. 비행기, 무대, 오염 물질 그 모든 게 불안을 유발해서 어린 시절부터 약물, 상담 등 온갖 치료를 받았다. 《나는 불안과 함께 살고 있습니다》는 그가 자기 문제를 해결하려고 평생에 걸쳐 연구한 결과물이다. 이 책에는 지독한 불안증을 앓으면서도 항불안증 약물을 거부해버리는 사람, 퍼시가 나온다. 퍼시는 절망에 빠져 있는 것보다 절망에 빠진 것을 자각하지 못하는 상태가 더 나쁘다고 봤다. 하지만 스콧 스토셀은 약물을 거부할 수 없다. 약이 없다면 절망이고 뭐고 그런 고차원적인 생각을 할 수 없을 정도로 일상이 엉망이 돼버리기 때문이다. 약을 먹지 않아야 스콧의 고유성이 지켜지는 걸까?

하나는 확실한 거 같다. 내가 마음 깊이 사랑을 느꼈던 순간은 내 약함을 타인이 그대로 수용했다고 느꼈을 때였다. 사랑이 지난 뒤에도 그런 순간은 잊히지 않는다. 10년 전, 친구가 내 시계를 빌려간 적이 있다. 싸구려였지만 추억이 담긴 빨간색 시계였다. 몇 달이 지나도록 나는 돌려달라는 말을 할 수가 없었다. 아마 친구는 깜박했을 거고 내가 말만 했다면 미안해하며 돌려 줬을 거다. 그런데도 괜히 말했다가 어색해지면 어쩌지, 날 떠나면 어쩌지 그런 불안이 마음속 깊이 똬리를 틀고 있었다. 헛소리 같지만 나한테는 절실한 불안이었다. 당시 애인에게 이 이야기를 했다. 그는 다음 날 똑같은 시계를 내게 선물했다. 왜 그런 말을 못 하냐고도, 성격이 이상하다고도, 대신 말해주겠다고도 하지 않았다. 나는 그날 내 마음속 깊이 숨겨둔 나약하고 이상한 내가 받아들여지는 느낌을 받았다. 지금은 얼굴도 가물가물해져버린 사람이지만, 그때를 기억하면 아직도 따뜻하다. 결국 우리가 받고 싶은 사랑은 이런 게 아닌가. 받고 싶은 사랑이 이런 것이라면 줘야 하는 사랑도 이런 것이 아닌가.

30대가 세 살이 되는 사랑의 불시착

리정혁(현빈)을 보면 설렌다. 저항이 불가능하다. tvN 드라마 〈사랑의 불시착〉에서 패러글라이딩을 하다 북한에 불시착한 남한 여자 윤세리(손예진)를 돌보는 남자다. 시야에 있으라며 끝까지 지켜주겠다는 북한 금수저다. 이 남자는 등장부터 무술을 선보였는데 알고 보니 피아니스트다. 북한 땅에서 세리가 기댈 사람은 정혁뿐이고 그로 충분하다. 그는 절대적 보호자다. 하늘에서 떨어졌는데 현빈 품이라면 불시착이 아니라 안착이다.

뭔가 이상하다. 세리는 남한에서 능력 있는 경영자다. 재벌 아버지에게도 인정받아 후계자로 낙점됐다. "틀린 선택을 해본 적 없는" 여자다. 물정 모르는 북한에 떨어졌으니 어리바리한 건 이해한다. 그런데 정혁 집에 숨은

37

첫날, 그는 일 나간 정혁에게 '응급전화'를 걸어댄다.

"응급상황이에요. 보디 샴푸가 없어요." 세리는 생판 모르는 남의 집에 얹혀 있다. "비누가 있을 텐데." 또 전화한다. "샴푸는?" "비누." 또 전화한다. "잠잘 때나 목욕할 때 아로마 향초가 필요해요." 퇴근길에 정혁은 세리가 필요하다는 건 다 산다. 세리는 '우왕' 눈물을 터뜨리며 아로마 향초가 아니라 양초라고 타박한다. 귀여운가? 이건 30대가 아니라 세 살의 행태다. 〈사랑의 불시착〉의 로맨스는 완벽한 의존과 보호 사이 낙차에서 피어오른다. 북한은 그 낙차를 극대화하기 위한 판타지 설정이다. 여자주인공이 아이로 퇴행하는 공간이다.

이 드라마를 쓴 박지은 작가의 전작인 〈푸른 바다의 전설〉에서 여자주인공은 아예 인간이 아니었다. 뭍으로 올라온 인어다. 생존 지식은 내 열 살 조카보다도 없다. 몸만 어른이다. 세상 돌아가는 방식에 도가 튼 사기꾼 남자주인공이 돌본다. 천둥벌거숭이인 인어는 남자주인공이 하는 얘기는 다 믿는다. 보는 사람이 설렌다. 작가의 이전 작으로 〈별에서 온 그대〉가 있다. 여자주인공은 슈퍼스타인데 매니저가 생활을 돌봐주니 물정 모르긴 매한가지다. 이 드라마에서는 남자주인공을 인간이 아닌 존재로 만들며 낙차를 벌린다. 남자는 이 땅에 400년 산 외계인이다. 오래 살았으니 모르는 거 없고 외계인이니 시간도 조정한다. 그전에는 재벌이, 그전에는 왕자가 있었다. 리정혁 같은 남자 어디 없나? 안 궁금하다. 반백 년 가까이 살아본 결과, 없다. 〈푸른 바다의 전설〉의 진짜 끝은 인어의 '독박육아'였을 거다. 그런데 알면서도 보고 있으면 가슴이 뛴다.

　궁금하다. 왜 나는 이 관계를 낭만적으로 느낄까? 낭만적 사랑의 전제 조건은 평등한 두 인간일 텐데 말이다. 보호하고 보호받는 게 무슨 문제라고? 사기다. 이런 '낙차 로맨스'는 대차대조표의 '손실' 쪽을 보여주지 않는다. 보호하는 자는 능동태고 보호받는 자는 수동태다. 평등할 수 없다. 시간이 지나면 반드시 뒤통수치는 깨달음을 얻게 된다. 어느 참에 '보호받는' 쪽의 결정권은 손가락 사이로 다 빠져나가고 없다. 성인으로서 자존감은 액체괴물처럼 흐물흐물해져 있다. 보호하는 자의 호의는 왔던 것처럼 제 마음대로 사라진다. 자신을 종속변수의 구덩이에 파 넣는 짓인데 이렇게 안 하면 또 사랑을 잃을 것만 같다. 성인 여성이되 어린아이처럼 무해한 존재가 되어야 관계를 지킬 수 있을 것 같다. 생각하기도

전에 몸이 그렇게 움직인다. 세리를 욕할 수 없는 까닭은 나는 개 흉내도 내봤기 때문이다. 그것도 '젊은 여자'일 때 이야기다. 지금 하면 꼴불견 취급당한다.

애교는 한국어에만 있다. 영어로는 발음대로 'aegyo'라고 쓴다. 김명희가 쓴 《당신이 숭배하든 혐오하든》을 보면, 위키피디아는 'aegyo'를 "아기 목소리, 표정, 몸짓 등을 통해 표현되는, 애정의 귀여운 드러냄"이라고 정의했다. 애교에는 목소리 톤이 중요하다. 중저음 목소리로 말하는 아기, 무섭지 않나. 이 책은 젠더 불평등과 여성 목소리 톤의 상관관계를 보여주는 연구들을 소개한다. 일본 여성과 다른 나라 여성의 목소리 주파수를 비교한 결과를 보면, 20대 일본 여성의 목소리 평균 주파수는 232헤르츠, 미국은 214헤르츠, 스웨덴은 196헤르츠다. 인사할 때 일본 여성의 목소리 톤은 310~450헤르츠까지 올라갔다(Van Benzooijen R, 1995년 논문 등). 세계경제포럼이 2019년 발표한 153개국 성평등 격차 지수에서 한국은 108위, 일본은 121위이다. 오스트레일리아 연구팀은 (Pemberton C, McCormark P 등, 1998년 논문) 1940년대와 1990년대 오스트레일리아 여성의 목소리를 비교했다. 여성의 목소리는 1990년대로 올수록 톤이 점점 낮아졌는데,

이는 여성의 사회적 지위가 높아진 점이 반영된 결과라고 연구팀은 해석했다. 신뢰감을 더 주는 쪽으로 목소리가 변해간다는 거다. 미국 대학생들에게 한 선거에 나온 후보자들의 목소리를 들려줬더니, 참가자들은 여성 중에서 더 낮은 목소리를 내는 후보를 선택하는 경향을 보였으며 "더 유능하고 강력하다"고 느꼈다. 고음을 낼수록 덜 위협적인 존재가 되는 대신 신뢰를 잃는 셈이다 (그런데 왜 중저음의 목소리가 더 신뢰감을 얻을까?).

다리와 겨드랑이에 털이 난 로맨스물의 여자주인공을 상상할 수 있나. 장 오귀스트 도미니크 앵그르의 그림 〈샘〉에서 한 소녀는 어깨 위로 팔을 들어 물동이의 물을 쏟고 있다. 털은 머리에만 있다. 조이한의 《당신이 아름답지 않다는 거짓말》을 보면, 옷 입은 여자보다 벗은 여자가 더 많이 나오는 서양미술사에서 여성의 음모가 등장하는 건 1819년 귀스타브 쿠르베의 〈세상의 기원〉이 처음이다. 조이한은 "영원히 아이로 남아 있으라는 무언의 압력, 혹은 순진한 여자만 보고 싶다는 욕망으로 읽을 수 있다"고 썼다.

애교는 선택인가? 종합상사에 다니는 한 20대 여성은 "일은 잘한다"는 말을 듣는다고 했다. 이 문장에서 압력은 조사 '은'에 숨어 있다. 그는 곧잘 조언을 가장한 힐난을 듣는다. "너 그렇게 무뚝뚝해서 사회생활 하겠냐. 웃기라도 하든가." 장강명의 소설 《산 자들》에서 한 중소기업 아르바이트생 혜미는 느닷없이 잘린다. "무뚝뚝하다"가 핵심이다. 생글거리지 않는다, 차를 제때 내오지 않는다, 이런 인상 비평이 붙어나더니 해고로 혜미를 덮쳤다.

위계가 없다면 애교도 없다. 친구가 다니는 기업은 성차가 곧 직급차이다. 관리직 여성은 한 명이다. 고졸 여직원이 대부분인 이른바 '업무직'은 회사를 아무리 오래 다녀도 반복 단순 업무만 한다. 승진 기회가 없는 셈이다. 이들은 회식 자리에서 '분위기 보조' 역할을 떠맡는다. 여성 관리직인 친구는 과한 리액션을 선보여야 하는 그들을 보는 게 불편하다. 친구는 회식 때마다 성별은 여성, 직급은 남성으로 존재가 쪼개지는 것 같다고 했다.

"네가 웃기려 하지 말고, 웃어줘."

예전에 소개팅만 나가면 깨져서 오는 내가 안타까워 친구가 조언한 적이 있다. 말하는 사람이 신바람 나게 발랄한 거울이 돼주라는 얘기다. 그다음부터 진짜 많이 웃었는데, 너무 과했나보다. 인터뷰 녹취를 풀다 내 목소리를 듣고 깜짝 놀라곤 한다. '왜 코맹맹이 소리를 하나?' '왜 문장을 웃음으로 얼버무리나?' '나는 왜 불평등한 관계를 자연스러운 연애라고 느꼈나?' '내가 선택했나?' 그런 기억이 없는데, 내 몸에 스미고 말았다고 다리털을 밀며 생각한다.

'공감과 섬세함'이 무섭다

"여성 특유의 섬세함과 부드러움을 바탕으로 한 리더십."

여성이 고위직에 오르면 이런 인물 기사가 여전히 나온다. 이게 무슨 말인지 모르겠다. 그냥 섬세한 것도 아니고 '특유하게' 섬세하단다. 뭐가 됐건 나한테는 없다. 나는 여자가 아닌가? 여성에게만 발견된다는 그 정체불명의 '섬세함과 부드러움'이 그렇게 중요한 거라면 왜 국내 200대 상장기업 임원 가운데 고작 2.7퍼센트만 여성인가?

대기업에 다니는 한 여자친구는 이런 기사를 읽으면 "골 때린다"고 했다. 이 회사 관리직 중 유일한 여자이자 때수건처럼 까칠한 인간이다.

"꼼꼼하고 예민한 남자 상사, 얼마나 많은데. 성차가 아니라 개인차야. 그렇게 쓰는 건 여자는 직장에서 그렇게 행동하라는 말인 거 같아."

친구는 원래 웃기지 않으면 웃지 않는데 미소 따위 걷어내고 남자 후배한테 지시하니 후배가 대놓고 "선배 무서워요" 했단다.

"아, 뚜껑 열려. 진짜 무서웠으면 그렇게 대놓고 말 못 하지. 진짜 무서운 남자 상사한테는 그렇게 말 못 해."

"여자들은 공감 능력이 뛰어나니까." 나는 이 말이 무섭다. 공감과 이해의 짐을 지울 때 밑밥 까는 말 같기 때문이다. 남자가 공감하려 들지 않으면 진화에 따른 유전자 탓이지만 여자가 그렇지 못하면 '비정상'이다. 존 그레이가 쓴 《화성에서 온 남자 금성에서 온 여자》 같은 책에서는 남자는 '원래' 문제가 생기면 동굴에 들어가 혼자 해결하려 드니 내버려두라고 한다. 여자 연인은 그 마음을 충분히 이해하며 세월아 네월아 동굴 밖을 서성이라는 건데 그 여자의 타는 마음은 누가 공감해주나? 공감 없이 지속하는 관계는 없다. 공감은 노~오력해야 하는 일이다. 만약 진짜로 유전자 탓에 공감 능력이 떨어진다면, 그렇지 않은 사람보다 더 노력해야 하는 거 아닌가?

"딸은 애교도 많고 공감도 잘하고 노후에 부모도 잘 돌본다." 딸을 향한 상찬같이 들리는데 불편하다. 나는 이런 '딸바보'들이 무섭다. 1950년대생인 우리 엄마가 평생 감내해야 했던 "큰딸은 살림 밑천"이라는 말의 다른 버전 같다. 딸을 인간이 아니라 기능으로 환원한다는 점에서 그렇다. 살림 밑천이 되길 거부한 큰딸들은 '이기적인 ×'이 됐고, 애교도 공감도 모자란 딸은 '인정머리 없는 ×'이 된다. 딸이 태어나기도 전에 이미 공감과 돌봄의 짐을 지운다.

"열 여자 마다하는 남자 없다." 남성을 향한 비하처럼 들리지만 권력을 드러낸 말이다. 남성은 이성, 여성은 몸이란 이분법은 성차별의 근간으로 유구한 역사를 자랑하는데 특정 상황에서만 남성은 이성을 상실한 '동물'임을 자처한다. 사실 이건 동물 폄하이기도 하다. 성폭력당한 피해자를 비난하는 태도나 디지털성범죄에 대한 처벌 같지도 않은 처벌의 밑바탕에는 '남성의 성욕은 어쩔 수 없다'는 생각이 깔려 있다.

진화 탓인가? 남성은 되는대로 많이 유전자를 뿌리고 여성은 보수적으로 선택하도록 진화했나? 마리 루티는

《나는 과학이 말하는 성차별이 불편합니다》에서 어떤 지식도 생산자가 지닌 편향에서 자유로울 수 없는데 진화심리학은 '과학'을 내세워 성차별 문화를 '자연적 진리'로 쐐기 박으려 한다고 비판한다. 무엇을 질문할 것인지가 이미 연구자의 가치판단을 반영한다.

1969년 아서 젠슨은 백인과 흑인의 지능지수 차이를 '과학적'으로 보여주고 그 원인을 유전자에서 찾았다가 엄청난 비판에 부닥쳤다. 젠슨의 질문은 이미 그의 편견을 담고 있다. 무엇이 지능이고 이를 어떻게 측정할지에 따라 결과는 달라진다. '차이'를 만들어내는 사회적 맥락을 지워버리자 '차이'는 차별의 근거가 됐다. 데이비드 버스는 37개국 1만 47명을 대상으로 짝짓기 선호를 연구해, 여성과 남성의 차이를 중심으로 《욕망의 진화》를 썼다. 남성과 여성은 섹스와 자원을 거래한다는 거다. 그런데 마리 루티는 똑같은 데이터로 두 성 간에 비슷한 점이 더 많다는 책도 충분히 쓸 수 있다고 반박한다. 남성과 여성 모두 '상호 끌림-사랑', 신뢰성, 정서적 안정과 성숙함, 긍정적 성향을 짝을 선택할 때 고려하는 가장 중요한 특질로 뽑았다. 순서도 같았다. 여성은 '금전적 전망'을 12위에 두지만 남성은 13위로 꼽았는데,

루티는 버스의 연구가 이 '차이'를 강조하는 데 방점을 둔다고 비판했다. 전통적인 문화일수록 남녀 차이가 또 렷하고 산업화한 사회에선 그 차이가 줄었다는 점은 버스 자신도 인정한다. 어디까지가 문화의 영향이고 어디까지가 자연적인 건가? '자연적'인 것으로 여기면 바꿀 수 없다.

리처드 프럼이 쓴 《아름다움의 진화》를 보면, 새들은 탐미주의자들이다. 목숨 거는 수준으로 별별 아름다움을 만들어낸다. 황금머리마나킨 수컷은 이층집을 짓는다. 과일이나 잎사귀로 마당을 꾸민다. 색깔을 맞춘다. 곤봉날개마나킨 수컷은 날개를 비벼 노래를 한다. 빨래판 긁는 소리를 제대로 내려고 날개 뼈 안쪽의 칼슘 비율을 높이는 방향으로 진화했다. 이건 위험한 전략이다. 적자생존, 자연선택에 따르면 미친 짓이다. 날개가 무거워질수록 비행에 방해가 된다. 곤봉날개마나킨은 빨래판 소리만 제대로 낼 수 있다면 그까짓 위험은 감수한다. 다윈은 공작새 꼬리만 보면 미칠 것 같다고 토로했다고 한다. 그 화려함은 그야말로 낭비다. 대체 새들은 왜 이러나. 짝짓기에 성공하기 위해서다. 암컷 마나킨새들은 왜 이런 기발한 기준으로 상대를 선택할까? 프럼은 이를 '미적 리모델링'이라 부른다. 암컷 마나킨새들은 심미적 기준으로 배우자를 선택하면서 수컷의 폭력적 성향을 줄여 나간다. 암컷 새들은 성적 자기결정권을 늘려가는 방향으로 배우자를 택한다. 새들의 상상을 초월하는 다양한 아름다움은 암컷의 성적 자기결정권에 뿌리를 두고 있다. 프럼은 인간도 비슷하다고 설명한다. 인간 남성에게는 침팬지 수컷의 날카로운 송곳니가 없다. 침팬지 수컷은 암컷보다 26~30퍼센트 더 큰데 인간 남성은 여성보다 16퍼센트 정도 크다. 프롬은 인류가 '남성의 무장해제' 방향으로 진화한 까닭이 여성의 성적 자율성이 커질수록 영아 생존률이나 개체군의 성장률이 증가하기 때문이라고 분석했다. 그는 "진화심리학은 남성적 시선을 적응으로 착각한 나머지, 성차별적 편향을 인간의 진화생물학에 투사해버리고 만다"며 "현대 여성들이 과거에 진화를 통해 얻은 성적 자율성을 완전히 향유하지 못하도록 방해하는 주범은 가부장제라는 문화의 진화였다"라고 썼다.

남성과 여성이라는 이분법 자체가 인위적이다. 간성 등 있는 사람이 없는 사람이 된다. 중간지대에 놓인 사람들은 모두 '비정상'으로 떨어진다. 정희진은 《양성평등에 반대한다》에서 "인간을 양성으로 나눈 '판타지'는 자연이 아니라 인간 자신"이라며 "이분법은 비대칭적"이라고 썼다. 백인과 유색인이란 이분법이 위계를 드러내듯이 남성과 여성도 그렇다. 이 이분법이 '자연적'인 것으로 여겨지는 한 위계도 유지된다.

인간을 카테고리에 밀어 넣고는 사람의 개별성을 볼 수 없다. 마리 루티는 "(남성과 여성의 본질적 차이에 대한 이분법적 사고는) 상대에 대해 아무것도 이해하지 못하면서 이해한다고 착각하게 하거나 이해하려는 노력을 포기하는 데 핑계로 쓰인다"고 지적했다. "여성 특유의 섬세함과 부드러움"으로 한 사람의 특성을 설명하려 든다는 건 그 사람을 전혀 알지 못하며, 알 생각도 없다는 고백이다.

페미니스트인 수전 팔루디는 마초였다가 일흔여섯 살에 성전환 수술을 받고 여자가 됐다는 아버지를 이해하려고 600쪽이 넘는 벽돌책《다크룸》을 썼다. 헝가리 유대인 학살을 피해 미국으로 탈출했으면서도 헝가리를 향한 애국심에 불타는 이 사람, 폭력을 불사하며 가족 위에 군림하던 '남자'였다가 '숙녀'에 들러붙는 온갖 클리셰를 온몸으로 구현하는 '여자'가 된 이 사람은 누군가? 죽어가는 아버지이자 어머니인 그를 바라보며 팔루디는 이렇게 썼다.

"이 우주에는 단 하나의 구분, 단 하나의 진정한 이분법이 있구나. 삶과 죽음. 다른 모든 것들은 그저 녹아 없어질 수 있는 것들이었다."

그리고 어쩌면, 한 사람을 다른 이와 구별 짓는 특성은 그만이 갖는 모순이다.

'탈코르셋'을 바라보는 복잡한 마음

    20대 때 나는 지금 탈코르셋 한 사람들과 비슷한 모습이었다. 1990년대다. 짧게 친 머리에 청바지만 주야장천 입고 다녔다. 한 록 밴드 로고가 새겨진 검은색 면 티셔츠를 하도 입어 친구가 불태우고 싶다고 했다. 여성이라는 표지를 다 지워버리려 든 까닭은 얕잡아 보이기 싫어서였다. 내게 여성적인 것은 약점과 동의어였다. 정신은 남성, 몸은 여성이라는 이분법과 위계를 그대로 받아들인 셈이다. 짙게 화장하면 '골 비었다' 욕먹던 시절이기도 했다. 그러니 내 면 티셔츠와 민낯은 '보기' 위해서가 아니라 '보이기' 위한 전술로, 다른 형태의 화장이었다. 가짜 안경을 끼고 다니면서도 마음 한구석엔 불안이 도사리고 있었다. 사랑받지 못할까봐 그래서 결핍된 존재, 동정의 대상으로 남을까봐 그랬다. 그 불안의 성물처럼, 신발장엔 한 번도 신지 못한 10센티미터 초록색 하이힐이 모셔졌다.

내가 숨겨둬야 했던 게 하이힐이어서 탈코르셋 운동을 보며 선뜻 이해할 수 없었다. 하이힐을 신고 눈꼬리를 한껏 위로 그린 여자들을 보면, '그래! 나 여자다'라는 해방감이 느껴졌다. 투블록 머리를 한 20대 여성들에게 옛날 내 모습이 겹쳐졌다. '왜 남자처럼 하고 다녀야 해방이야?'

어느 20대 취업준비생과 이야기하다 시대가 바뀌었다는 걸 알았다. 그는 "화장 안 하고 마트 갈 때는 모자를 푹 눌러쓰고 가요"라고 했다.

"창피해서요. 못생겨서요. 대학교 1학년 때 같은 과 여자친구 한 명이 화장을 안 하고 다녔어요. 여자애들은 걔한테 '화장 좀 하고 다니라'고 조언하고, 남자애들은 대놓고 '너 못생겼다' 그랬어요. 그때 '나도 화장 안 하면 저런 취급 받겠구나' 하는 생각이 들었어요. 사람들이 함부로 한달까. 화장은 그러니까 '인격 보호막'이에요. 결국 여름방학 지나 그 친구가 쌍꺼풀 수술하고 풀메이크업으로 나타났어요."

뷰티 유튜버였다가 탈코르셋한 배리나는《나는 예쁘지 않습니다》에 이런 잔혹사를 썼다. 초등학교 6학년 때 남자애들이 그에게 침을 뱉었다고 한다. "뚱뚱하다"고 그랬다. "패버리고 싶게 생겼다." "뚱뚱하면 그냥 집에 처박혀 있지." 여자애들은 그를 따돌렸고 남자애들은 욕했다. 뷰티 유튜버가 돼 화장하니 "예뻐졌다"는 사람들이 생겼다. 경멸 어린 시선도 줄었다.

인간 대접 받으려 화장해야 한다면 차도르 같은 베일을 쓰는 것과 뭐가 다른가? 나오미 울프는《무엇이 아름다움을 강요하는가》에서 여성에게 화장을 강요하는 진짜 이유는 "끊임없이 누군가의 시선에 노출돼 있음을 알게 하려는 것"이라고 썼다.(조이한,《당신이 아름답지 않다는 거짓말》에서 재인용) 전족을 하고 베일을 쓰는 게 선택의 문제만이 아니듯, 화장도 그렇다. 베일을 벗는 게 저항이라면 투블록도 그렇다. 특히 민낯이 예의 없는 것이 돼버린 이 세계에서는 그렇다. 초등학교 여학생 48.3퍼센트, 중학교 여학생 73.8퍼센트가 화장하는 이곳에서는 그렇다(2016년 녹색건강연대가 전국 초중고 4736명 조사). 소녀들을 '화장품 시장의 블루오션' 취급하는 이곳에서는 그렇다.

"뒤통수를 빡 때리는 느낌이잖아요. 외모에 대한 주문이 워낙 강력한 사회에 사니까 그렇게 정신을 딱 차리고 나서야 이후에 생각할 수 있는 거 같아요."(이민경,《탈코르셋》에서 혜민)

이민경의《탈코르셋: 도래한 상상》(이하《탈코르셋》)을 보면, 10~20대 여성이 느끼는 외모 강박은 머리를 빡빡 미는 정도의 저항이 없으면 깨기 어려울 만큼 강력하다. 아이들은 교실에서 '틴트가 없으면 형광펜'으로라도 입술을 칠한다. 거식증으로 40킬로그램을 왔다 갔다 하며 병원에 누워 있는데 친구들이 진심으로 "말라서 좋겠다"고 한다.

꾸미기가 애초에 선택이었다면 탈코르셋이 두렵지 않았을 거다. 배리나는 머리를 자르고 나타난 친한 언니한테 탈코르셋을 배웠다.

"화장을 좋아하는 내가 비난받는 느낌이 들었다. (…) 안 그래도 안 예쁜 내가 탈코르셋까지 하면, 정말 사회적으로 왕따를 당하는 게 아닐까?"(배리나,《나는 예쁘지 않습니다》)

탈코르셋 한 뒤에는 폭력의 표적이 될까 무섭다.

"그 남자가 제 쪽으로 고개를 돌려가며 쳐다보는데,

그 눈빛에 정말 적의가 가득 담겨 있었어요."(《탈코르셋》
에서 지현)

아르바이트에서 잘릴 수도, 홀로 남겨질 수도 있다.
'여자의 행복'이라고 여겼던 것들이 모두 사라져버릴 수
있다. 외모 강박에서 혼자 나오기 힘들다. 그래서 연대
의 표시로 머리를 자른다.

이 여자들은 '보이는 자'에서 '보는 자'가 되길 포기하
지 않는다. 겉모습은 비슷해도 내 20대와 이들이 정반
대인 까닭이다. 화장을 지우고 '보이는 몸'이 아니라 '움
직이는 몸'을 느낀다. 관계와 삶 전체 계획이 변한다.
《탈코르셋》의 저자 이민경은 바지를 살 때마다 옷에 맞
지 않은 제 다리가 부끄러웠다. 이제는 '무슨 바지를 이
렇게 만드냐'라고 말할 수 있단다. 같은 책에서 남자친
구에게 고양이처럼 '꾹꾹이'를 했던 태주는 애인과 헤어
졌다. 자기 삶의 유일한 책임자이자 생계부양자로 적금
을 붓는다.

왜 작고 어리고 가냘픈 게 여성적인가? 왜 몸의 고통
을 감내해야 여성적으로 아름다울 수 있나? 그들은 여
성과 '여성적인 것' 사이 연결고리를 끊고 있다.

"남자가 입으면 어울리고 여자가 입으면 이상한 옷이

있다거나, 남자 머리 길이, 여자 머리 길이, 이런 게 다 허상이라는 걸 알게 됐어요. 그게 허상이라는 걸 생각해서 자른 게 아니라, 자르고 나서 허상이라는 걸 알게 된 거예요."(《탈코르셋》에서 상민)

당신은 방 밖으로 나갈 수 없지만 방 색깔은 고를 수 있다. 빨간 방, 파란 방, 여기 100가지 색깔을 더한다고 당신의 자유가 늘었다 말할 수 있을까? 화장하지 않을 자유가 있어야 화장할 자유도 있다. 마리 루티는 《남근 선망과 내 안의 나쁜 감정들》에서 "신자유주의 상업문화에서 (이성애) 남성들은 그렇게 여성들을 바라보도록 프로그램되어 있고, 여성들은 그런 시선의 대상이 되도록 프로그램되어 있다"고 썼다. 이런 분석을 한 그도 교수로 강연하러 갈 때 하이힐을 신고 립스틱을 바르며 성공한 커리어우먼 복장을 한다. 40대가 된 나는 컨실러로 잡티를 가리지 않으면 내 얼굴이 부끄럽다.

탈코르셋을 이해하려 노력하지만 여전히 헷갈리긴 하다. 왜 탈코르셋은 다 똑같은 모습이어야 하나. 여성이라고 모두 같은 형태의 억압을 겪는 것은 아니다. 아줌마인 나는 하이힐 신고 미니스커트 입으면 '주책맞다'는 소리를 들을 확률이 높다. 성적대상이 아니라 그냥 투명인간이 돼가고 있다고 느낀다. 이런 나에게도 탈코르셋은 똑같은 형태여야 할까? 탈코르셋한 젊은 여성들을 보면, 나는 그들의 빛나는 아름다움이 부럽다. 화장을 해도 안 해도 예쁘다. 그런데 40대인 내가 화장을 안 한다면? 남들 눈엔 저항이 아니라 인생 포기로 보일 것 같다. 머리를 자르지 않고 화장을 해서 죄책감을 느껴야 한다면 탈코르셋도 억압이 아닐까? 머리 길이, 연애 여부 등을 OX 퀴즈처럼 질문받고 맞는 답을 내야 페미니스트로 인정하겠다는 태도를 볼 때는 반감이 인다. 단순할 수 없는 인간을 단순하게 정리하려는 것이 폭력 아닌가. 그러다가도 또 이런 생각도 든다. 탈코르셋을 보는 불편한 내 마음에는 '보이는 자'로서 안온한 자리를 포기하지 못하는 사람이 존재를 걸고 '보는 자'가 되려는 사람들을 향해 느끼는 죄책감도 있는 게 않을까?

아홉 살 여자가 말했다, "여자애라서"

개 몽덕이랑 산책하면 아이들이 말을 건다. 초등학교 2학년 두 소녀는 단짝이었다. 이 아이들이 몽덕이 꼬리를 보고는 홀린 듯 공원까지 쫓아왔다. 개는 곁을 잘 안 줬다. 만지려고 하면 꽁무니를 뺐다.

"애 여자예요, 남자예요?" 암컷이라니 한 명이 이렇게 말했다. "여자애라서 소심한가보다."

2020년 아홉 살 소녀가 자신을 향한 비하일 수 있는 말을 그토록 자연스럽게 믿는 이유가 궁금했다. "그런 말은 누구한테 들었어?" 아이는 기억하지 못했다. 그럴 거다. 그런 말은 냄새처럼 잡히지 않지만 몸속에 스민다. 냄새는 도처에 배어 있다.

몰래 자주 인터넷에서 하소연 게시판을 본다. 그 억울

한 사연들에서 위대한 철학자도 잘 주지 못한 위안을 얻는다. 내 인생만 꼬인 건 아니구나. 분노의 댓글을 부르는 사연도 있다. 아들 앞으로 갓 지은 쌀밥과 살이 튼실한 갈비를 밀면서 며느리에게는 "아직 살이 남아 있네"라며 아들이 씹다 만 갈비를 건네는 시어머니 이야기다. 작성자인 며느리는 시어머니보다 자기를 편 들어주는 척 말만 앞세우고 갈비를 뜯는 시누이가 밉다고 했다.

"여자라 그런지 잔머리가 장난 아니에요."

차별의 지독한 속성은 당하는 사람 속으로도 스며든다는 것이다. 그러면 자신을 구석으로 내몬 바로 그 차별에 적극적으로 복무하기도 한다. 최은영의 소설《당신의 평화》에서 어머니는 평생 자기 속옷 한번 맘대로 못 사는 시집살이를 했다. 그 한을 풀어내는 감정의 쓰레기통은 큰딸이지 큰일 할 아들이 아니다. 그 지난한 인고의 시간을 보상해줘야 할 사람은 자기 대신 시댁 부엌으로 들어가야 할 며느리이지 잘난 아들이 아니다.

차별은 억압받는 자의 자기혐오로 완성된다. 거기까지만 가면 굴종을 강요할 필요도 없다. 억압받는 자가 억압받는 자를 억압한다. 억압하는 자로서는 손 안 대고 코 푸는 격이다. 통제는 더 쉬워진다. 아들, 딸 차별의 최

전선에는 대개 어머니들이 있다. 육아 대부분을 하는 어머니들은 밥부터 잠자리까지 일상의 매 순간 차별할 수 있다. 차별이 시시콜콜할수록 항의하기도 뭣하다. 딸의 마음은 더 복잡해진다. 저항하자니 엄마도 가여운 피해자다. 50대인 지인은 엄마에게 "아무짝에 쓸데없는 딸년"이라는 말을 들으며 자랐다. 이 말은 엄마 자신에 대한 경멸이기도 했다. 전인권은 자전적 성장기인 《남자의 탄생》에서 어머니의 아들 사랑을 이렇게 말했다.

"첫아들인 형을 낳았을 때, 어머니는 비로소 전 씨 가문의 사람이 되었다. (…) 어머니 혼자서는 아무 의미 없는 존재였지만, 세 아들을 통해서 진정한 인간이 되었던 것이다."

그 아들들은 아버지와 쌀밥을 먹었고, 어머니와 딸들은 귀 떨어진 상에 따로 둘러앉아 보리와 감자가 섞인 밥을 먹었다. 그건 어머니가 만든 규칙이기도 했다.

이 어머니들에겐 차라리 '여자는 결핍 인간'이라는 생각을 받아들이는 게 차별을 견디는 더 쉬운 방법이었을지 모르겠다. 밥 먹을 때마다, 똥 쌀 때마다, 숨 쉴 때마다 먼지처럼 쌓이는 차별은 시나브로 자아를 무너뜨린다. 매번 찬밥을 먹다 보면, 자신이 찬밥 먹을 만한 사람이라고 믿기 쉽다. 자신이 자기에게마저 미천해지면 자신이 속한 부류도 미천해진다. 나는 1980년대에 '국민학교'를 다녔는데, 내가 저학년 때만 해도 반장 선거는 성 대결이었다. 여자아이들은 여자 후보에게 몰표를 주곤 했다. 그런데 5학년부터 판세가 바뀌었다. 여자아이들도 남자 후보를 뽑았다. 6학년 담임선생님은 아이들에게 "어차피 여자는 안 뽑히니 반장 후보에 남자들만 올리자"고 했다. 아무도 토를 달지 않았다. 그때 나도 아마 남자 후보를 뽑았을 거다. 그게 자연스러워 보였던 것 같다.

캐럴라인 크리아도 페레스가 쓴 《보이지 않는 여자들》에서도 비슷한 연구 결과가 나온다. 2017년 린 비안, 사라 제인 레슬리Lin Bian, Sarha-Jane Leslie 등 연구진이 미국에서 대여섯 살 아이들에게 한 게임을 소개하고 아이들의 반응을 살펴봤다. "이 게임은 정말, 정말 똑똑한 아이를 위한 거야." 다섯 살 여자아이들은 남자아이들과 똑같이 게임을 하겠다고 달려들었는데, 여섯 살 여자아이들은 뒤로 물러섰다. 연구진은 "여섯 살 여자아이들은 여자라는 성별의 능력을 의심하기 시작했다"고 분석했다. 사라 브란체프스키Sarah Brachefsky 등 연구진은

2016년 성인을 대상으로 미국 대학 교수 사진을 보여주며 어떤 사람이 과학자로 보이느냐고 물었다. 남자일 경우 외모가 변수가 되지 않았다. 여자일 때는 외모가 '여성스러워' 보일수록 과학자가 아닐 거라는 답변이 많았다. 스스로 객관적 능력만 본다는 사람일수록 조건이 같은 지원자 중 남성을 고용할 확률이 높았다. 편견이 편견이라는 걸 느끼지 못할 정도로 강력한 편견이 작동했다. 편견은 객관 뒤에 숨었다.

관계에 서툰 괴팍한 천재 남자와 그를 돌보는 여성은 얼마나 전형적인가. 〈닥터 하우스〉는 내 인생의 몇 달을 족히 갈아 넣은 미국 드라마다. 매회 구도는 똑같다. 천재 의사인 하우스는 듣도 보도 못 한 병명을 집어내며 모험에 가까운 처방을 내린다. 하우스의 상관이지만 권한은 거의 없고 실제 업무는 하우스 베이비시팅인 닥터 커디는 매번 하우스의 결단에 위험하다며 반대하는데 결론이야 만날 하우스 승이다. 있을지 모를 법적 분쟁 등 온갖 세속적인 일에 커디가 골머리를 앓을 때, 하우스는 강단으로 생명을 구한다. 시즌 8까지 달리다 보면, 제발 한 번이라도 커디가 옳은 에피소드를 보고 싶어진다. tvN에서 방영했던 〈문제적 남자〉 시리즈는 제목 그대로 '뇌섹남(뇌가 섹시한 남자)'들만 떼로 고정 출연한다.
tvN 〈알쓸신잡〉이나 JTBC 〈방구석1열〉, KBS 〈대화의 희열〉처럼 진지한 얘기를 나누는 프로그램에서도 패널은 남성 서너 명에 여성 한 명이다.

정치인이 부동산 투기 의혹에 휘말리면 대개 "나는 모르는 일이고 아내가 알아서 했다"고들 답한다. 자신은 나라를 위해 일하느라 바빴다. 풍요는 같이 누렸으면서 더러워지는 건 아내들의 손뿐이다. 여성들이 쓰고 또 보는 일일드라마는 자학쇼같다. 가난한 예비 며느리에게 물을 뿌리거나 백화점에서 진상짓을 하며 직원 무릎을 꿇리는 건 죄다 여자들이다. 복부인은 있지만 복남편은 없고 '치맛바람'은 있지만 '바짓바람'이라는 말은 없다.

페레스의 《보이지 않는 여자들》을 보면, 여성은 '덜 총명한 인간' 정도가 아니라 그냥 '덜 인간'이다. 그는 어마어마한 연구 자료를 보여주며 "인간의 디폴트는 남성"으로 설정됐다는 걸 증명한다. 영어에서 'man'의 뜻은 '남자'이자 '인간'인데, 이 단어를 '인간'이라는 의미로 써도 읽는 사람들은 압도적으로 남성을 떠올렸다. 포털에 축구 국가대표팀을 치면 남성팀이 나온다. 자동차 충돌 실험에 쓰는 인간을 닮은 인형은 남성 몸을 기준으로 만들어진다. 여성 몸을 기준 삼은 인형도 있지만 조수석 실험에 쓰인다. 1960년대 설정된 표준 사무실 온도는 40대 남성의 기초대사율을 기준으로 삼았다. 이 기준에 따르면 표준 사무실 '적정 온도'는 여성이 느끼는 '적정 온도'보다 평균 5도 낮다. 피아노 건반의 가로 길이는 122센티미터인데, 한 뼘 길이가 짧은 여성 피아니스트는 남성 피아니스트보다 통증이나 부상에 시달릴 확률이 50퍼센트가량 높다. 이 모든 디자인에서 인간의 몸 기준은 남성 몸이고 여성의 몸은 '예외 사례'다.

초등학교만 나온 할머니는 전라도식 김치를 담그는 방법을 알지만 평생 유식하다는 얘기를 들어본 적이 없다. 나는 가끔 무식하다는 말을 들으면 궁금하다. 알아야만 하는 지식은 누가 정할까? 독일이 프랑스 옆에 있다는 걸 모르면 창피할 거 같은데, 부르키나파소는 어디 있는지 모른다고 손가락질당하지 않는다. 수학을 못하면 부끄러워하지만 밥할 줄 모르는 건 곱게 자랐다는 뜻이다. 누구의 지식만 지식인가? 기억은 오락가락하기 마련이다. 조남주의 단편소설《현남 오빠에게》에서 화자는 대학시절부터 사귄 '오빠'에게 청혼을 받는데 기분이 나쁘다. 불쾌한 기억들이 올라온다. 너무 사소해서 따지기도 어색한 기억들이다. 대학생 때 어느 수업에 같은 동아리 친구가 들어왔는지를 기억하는 일 따위인데 '오빠'는 의견이 엇갈릴 때마다 화자의 기억이 틀렸다고 확신하고 화자는 '오빠' 말에 휩쓸리듯 동의한다. '오빠'와 달리 화자는 자기 기억을 의심한다. 자기 회의는 약자에게 주어진 선물이자 저주다. "너무 예민한가?" "너무 감정적인가?" 억울한 마음이 들끓을 때도 그 기분이 정당한지 타인의 의견을 묻는다. 누가 기준일까? 자신을 믿지 못하면 결정해야 할 순간에 뒷걸음질 치게 된다.

나와 아홉 살 소녀에게 스민 폄하의 악취를 어디서부터 어떻게 빼내야 할지 모르겠다. 일단은 소녀가 개를 또 쫓아오면 미국 부통령 당선자 카멀라 해리스의 승리 연설 동영상을 같이 보면 좋겠다.

"다른 사람들이 단지 본 적이 없기 때문에 보지 못하는 스스로의 모습을 보라고 말하고 있습니다."

이 문장을 100번 같이 돌려 듣고 싶다. 한 인간으로 자신을 의심하지 않을 때까지. 100번 돌려 듣자고 하면… 소녀가 몽덕이와 나를 슬슬 피하겠구나.

내가 '생리충'이 아니듯
그녀도 '내시'가 아니다

월경에 대해 쓰기 싫었다. 거부감이 올라왔다. 그래서
쓰기로 했다. 30년간 인생의 20퍼센트는 피 흘리며 보
냈다. 없는 일인 척했다. 안 새면 그만이지 내 몸에 맞는
생리용품 따위는 찾아보지도 않았다. 사소한 일일까?
월경을 향한 혐오는 내 몸을 향한 혐오와 맞닿아 있다는
걸 절감한다. 내 자궁을 남의 것인 양 여겼다. 에어비앤
비 방처럼 남에게 내줄 공간 취급했다.

열네 살 때 초경을 불안한 침묵으로 기억한다. 아무에
게도 말하지 못했다. 휴지를 둘둘 말아 끼고 어기적 걸
으며 이 '사태'를 어떻게 해결해야 할지 고민했다. 내가
냄새나는, 눅눅한, 그런 사람이 된 듯 수치스러웠다. 중
학교 2학년인 내가 본 '여자'는 닭은 삶아야 하지만 닭다

리를 차지할 권리는 없는 사람이었다. 딸만 둘인 집인데 여동생, 엄마하고 한 번도 월경에 대해 말한 적이 없다.

고희를 넘은 엄마에게 처음 물었다. 고1 때 첫 월경을 한 엄마는 꽁꽁 언 손과 함께 그날을 기억한다. 내복이나 이불 홑청을 찢어 처리했다. 할머니가 눈치 채고 광목 접는 방법을 엄마에게 알려줬다. 엄마는 밤에 식구들이 다 잔 걸 확인하고 마당으로 나왔다. 겨울, 달만 두둥실 뜬 밤, 죽어라 펌프질을 했다.

"손이 찢어질 거 같았어. 내놓고 말리지도 못했어."

딸이 넷인데 월경이 겹치는 날에는 서로 마주치지 않으려고 밤마다 눈치작전을 벌였다. "그게 왜 그렇게 창피했는지 몰라." 엄마는 여전히 월경을 '그거'라고 부른다.

죄·독·오염…. 월경 혐오는 역사가 유구한데 읽다 보면 재밌을 지경이다. 기상천외하다. 8세기 연금술사 알베르투스 마그누스는 《여성의 비밀》에서 월경혈의 오염이 여성의 눈으로 스며 나온다고 썼다. 그 비슷한 말을 2015년 도널드 트럼프 당시 미국 대통령 후보가 자신에게 공격적인 질문을 던진 여성 진행자를 향해 비꼬며 했다.

"그녀의 눈에서 피가 나오는 것 같더군요. 어쩌면 몸

의 다른 곳에서 나오는 것이었을지도 모르죠."

월경혈은 '죄의 증거'다. 토마스 아퀴나스는 《신학대전》에 성모마리아는 '불경한 피' 없이 예수를 잉태했다고 주장했다. 8~12세기에는 월경 중에 교회 출입도 못했다. 2003년 임태득 목사는 총신대학교 채플 시간에 이렇게 말했다.

"어디 기저귀 찬 여자가 강단에 올라와." (박이은실,《월경의 정치학》·김보람,《생리 공감》)

월경은 '불결하다'. 1990년대부터 생리대 광고에 가장 많이 나오는 낱말은 '순수' '깨끗' '하얀' 따위다. 그 생리대를 써야 '깨끗'해지니 원래 월경은 그렇지 않다는 전제를 깐 셈이다. 여성은 인간과 동물 그 중간계인데 그 증거는 월경이란다. '생리충'. 월경을 다룬 다큐멘터리 〈피의 연대기〉를 만든 김보람 감독은 기사에 달린 악플 중에서 이 낱말이 머릿속에서 지워지지 않는다고 《생리 공감》에 썼다.

"이 단어가 주는 모멸감을 여성인 나 자신과 분리해 생각할 수 없었다."

월경 혐오는 인간을 생물학적 남성/여성으로 구분하고 남성을 이성이자 문화, 여성을 몸이자 자연으로 묶는 이분법에 뿌리내리고 있다. 박이은실은 《월경의 정치학》에서 "이런 이분법은 자연이 문명에 지배되는 것처럼 성차에 따른 차별을 강화한다"고 썼다. 이 책에서 소개한 연구 결과들을 보면, 성별 역할이 뚜렷이 구분된 곳일수록 월경 혐오는 도드라졌다.

그 이분법이 내 몸에 스며 30년간 나는 피 흘리는 내 몸을 혐오했다. 그런데 적어도 나는 세상이 생물학적 남성과 여성으로 이뤄졌다는 이분법에 타자로라도 낄 수 있었다. 내 법적 성과 내가 느끼는 성이 같아 주민등록번호를 써야 하는 그 수많은 순간마다 별 고민 없이 적었다. 이런 편안함도 상대적 특권이다.

할머니부터 나까지 대대로 월경에 침묵하게 한 성별 이분법은 존재 자체를 지워버리기도 한다. 세상은 생물학적 남성과 여성으로 이뤄져야만 하니, 바로 여기 있는 사람을 없다고 한다. 존재 자체가 틀렸다고 한다. 환장할 노릇이다.

이혜민, 김승섭 등은 논문 〈한국 트랜스젠더의 의료적 트랜지션 관련 경험과 장벽〉에서 2017년 미국 연구를 바탕으로 한국 트랜스젠더 인구를 20만 1377명으로 추산했다. 이 '보여서는 안 되는' 20만 명은 자신을 드러내는 것만으로도 학교에서, 직장에서 쫓겨난다. 잠재적 범죄자 취급을 당하며 온갖 혐오의 말을 뒤집어쓴 숙명 여자대학교 트랜스젠더 합격생은 입학을 포기할 수밖에 없었다. 나는 충격받았다. 혐오를 주도한 학생들은 자신이 차별당한 방식과 논리 그대로 다른 약자를 차별하고 있었다.

누구의 안전이 위협당했나? 그 합격생의 안전이 가장 위협당했다. 누가 여성인지 말할 권리는 누구에게 있나? 여성이 '생리충'이라 불려서는 안 되듯, 같은 이분법의 피해자인 트랜스젠더가 '내시'로 불려서는 안 된다. 남성이 여성을 향해 뱉은 '생리충'이 혐오이듯, 그 누구든 트랜스젠더를 향해 뱉은 조롱도 혐오다.

"각자의 상황대로, 각자의 존재대로 들려오는 그 목소리를 직접 듣자. 그리고 그대로 존재하게 하자. let it be."

박이은실은 《월경의 정치학》을 이렇게 마무리했다. 다큐멘터리 〈피의 연대기〉를 만들며 월경에 대한 수많은 경험과 자료를 취재한 김보람 감독은 어느 날 자기 가슴을 있는 그대로 봤다. 첫 남자친구가 "너무 작다"고 한 뒤 항상 부끄러웠던 가슴이다.

"나는 평소처럼 샤워를 한 뒤 세면대 앞에서 물기를 닦고 있었다. 그러다 문득 거울에 비친 내 몸을 바라보았다. 그날 나는 무언가 달라진 것을 알아차렸다. 가슴은 여전히 작았다. 영화를 만들고 편집하면서 스트레스를 받아서인지 더 작아 보였다. 그런데 나쁘지 않았다. 심지어 개성 있어 보였다. (…) 아마 생리컵을 쓰면서 자기 몸과 친해져 남의 시선으로만 바라보던 몸을 본인의 시각으로 보게 된 것일지 모른다."

한국에서 생리대가 판매되기 시작한 1960년대부터 생리대 광고에서 월경혈은 파란색이었다. 2019년에야 빨간 피가 등장했다. 이제야 내 피를 있는 그대로 볼 수 있을 것 같은데, 폐경 아니 완경이 코앞이다.

나는 왜 방탄소년단 춤을 포기했을까

'주책없을까?'

트레이닝복을 담은 비닐봉지를 보니 그런 거 같다. 방탄소년단 춤만 가르쳐준다는 댄스 교실로 향하는 길이었다. 방탄소년단의 노래 〈IDOL〉의 안무를 배우려고 했다. 내가 추면 호객하는 풍선인형이 미친 듯이 바람에 날리는 신산한 풍경이 되겠지만, 좋아하면 따라하고 싶다. 강의 신청하기 전에 몇 번이나 확인했다. "40대도 가도 돼요?" 분명 강사가 된다고 했는데, 나는 댄스실 지하로 내려가는 계단을 올라갔다 내려갔다 했다.

수강생은 다섯 명, 딱 봐도 다들 20, 30대다. 보라색으로 머리를 물들인 선생님이 쉽게 바꾼 안무를 알려줬다. "여기서 개다리 하며 앞으로." 다른 건 몰라도 개다리는 원래 잘했는데 꼬였다. 선생님이 자꾸 나한테만 괜찮은지 물었다. "힘드시면 먼저 쉬세요." 나는 어르신인가? 진짜 숨이 차고 좀 앉았으면 싶다. 머리가 다른 데 가 있다. '한심한 아줌마로 보면 어쩌지?' 쉬는 시간에 다들 방탄소년단 게임 이야기를 하는데 낄 수가 없다. 자꾸 존재가 '민폐' 같다. 방탄소년단 기사들에 달린 댓글 몇 개가 떠올랐다. "국뽕에 취한 아재짐(아저씨+아줌마)." 내 'IDOL' 춤은 개다리에서 끝났다.

누가 뭐라고 한 것도 아닌데 나는 내 행동이 중년 여자 '나잇값'에 맞는지 스스로 검열한다. 그 '나잇값'은 쓸쓸하다. 재밌는 건 거의 다 빠진다. 40대가 되니 아줌마나 어머니로 불리며 제3의 성이 되는데 남뿐만 아니라 나도 날 그렇게 취급한다.

드물게 예순다섯 살 여성을 주인공으로 담은 소설 《파과》에서 구병모 작가는 '아줌마'들이 지하철에서 자리를 차지하려고 "몸을 모로 틀어 비집고 들어오는" 모습을 묘사하는데 아줌마가 돼 읽으니 억울하다. 왜 아줌마는 이렇게 상식 따위는 밥 비며 먹는 사람들로 묘사돼야 하나. 사회학자 어빙 고프만은 《스티그마》에서 "(부정적 고정관념이 붙은 '낙인자들'은) 바깥 사회의 기준을 내면화해 다른 사람들이 그의 결점으로 보는 것에 상당히 민감하게 신경 쓰도록 훈련된다"며 "그는 자신이 갖추어야 할 것을 결핍했다는 데 동의하고 마는데 이때 수치심을 느끼게 된다"고 썼다. '아줌마'는 어느새 내 정체성의 일부가 됐다. 사랑, 열정, 패기, 도전, 희망 같은 낱말은 '젊음'과 짝패를 이룬다. 내 욕망은 그대로인데, 나랑은 자꾸 멀어지는 것만 같은 낱말들이다.

"나이 들어가니 깜박깜박해. 어제 일도 가물가물."

나는 왜 이런 자폭 개그를 할까? 따지고 보면 20대 때도 기억력이 나빴다. 그땐 "젊어서 그래"라고 말하지 않았다. 내 기억력은 더 나빠졌을까? 김지혜가 쓴《선량한 차별주의자》에는 편견이 개인의 실행능력에 어떤 영향을 미치는지 보여주는 실험들이 나온다. 한 예로 미국에서 수학시험 점수가 같은 남녀 참가자들에게 수학문제를 풀게 했다. "성별에 따른 수학능력 차이를 보려 한다"고 했더니 여학생들의 성적이 떨어졌다. 김지혜는 "통념을 이겨야 한다는 부담이 수행을 방해했다"며 "어떤 고정관념을 내면화하느냐에 따라 본인의 역량이 높아지기도 하고 낮아지기도 한다"고 분석했다. 그러니까 늙으면 기억력이 나빠진다는 편견만 없다면 내 기억력은 이렇게 나쁘지 않을지도 모른다. 고정관념 탓에 실행능력이 낮아지고 이는 다시 고정관념을 다진다.

"4000가닥에 600만 원이래."

40대 후반인 친구는 결심했다. 엠M 자형 탈모가 진행 중인데 머리카락을 심기로 했다. "젊어 보이잖아." 그의 몸은 원래 소파 일체형으로 디자인됐는데 요즘엔 플랭크(엎드린 상태에서 몸을 어깨부터 발목까지 일직선이 되게 하는 운동)를 하네, 팔굽혀펴기를 하네 난리다. 컨설턴트인 이 남자는 불안하다. 쉰 살이 되면 알아서 짐 챙겨 회사에서 나가는 분위기다. 사장의 '젊은 아이디어' 타령이 나가란 소리 같단다. 혁신을 해야 한다는 주장에는 언제나 '젊은 피' 영입이 따르는데 이때 '젊은 피'는 비유가 아니라 생물학 용어다. 꼰대 같은 20대 없나? 창의적인 50대 없나? 그는 좀 억울하지만 따질 시간이 없다. 밥줄이 달렸다. 머리카락 4000가닥은 경쟁력을 갖추려는 몸부림이다. 고령화 문제를 다룬 기사들을 보면 "생산인구 감소"라는 말이 나온다. 늙어서 일을 못 하나, 일할 데가 없어서 못 하나? 그 '생산'은 뭘 말하는 걸까? 손주 육아를 도맡는 그 많은 '할머니'들은 '생산'을 하고 있나 안 하고 있나?

'인적자원'으로서 가치를 이어가려면 주름도 한 땀 한 땀 이탈리아 장인처럼 관리해야 한다. 그냥 늙는 건 자기관리에 실패한 증거다. 김도현은 《장애학의 도전》에서 신자유주의를 두 시대로 나눠 설명한다. 먼저 경쟁이 일상까지 속속들이 스며들 수 있도록 제도를 바꾼다. 비정규직이 늘고 사회보장은 줄어든다. 이어 누가 강요할 필요도 없이 스스로 쥐어짜는 '인력자원' 노동자가 등장한다. '능력 자본'을 키우기 위한 '자기개발' 목록은 끝이 없다. 관리할 수 없고 왜 관리해야 하는지 모를 것까지 관리하란다. 시장 밖으로 내쳐지면 그 책임은 개인이 진다. 뭔지는 모르겠지만 하여간 자기관리에 실패했으니까. 40대에 들어선 친구들은 눈 밑 지방을 재배치하기 시작했다. 이건 자기결정일까 아닐까? '뭐라고! 세상에 나이 먹었다고? 어떻게 나이를 먹어?' 이런 게임에서 누가 이길 수 있나? 인간이 '자원'인 곳에서 늙는 건 두렵다. 그래서 자기 안에 있지만 늙어감을 인정할 수 없다. 대신 외부로 투사한다. 노인 혐오에는 우리 안의 불안이 있다.

  자기개발에 성공하면 '꼰대'가 될 수 있을까? 꼰대는 아무나 못 된다. 지위가 있어야 한다. 듣기 싫더라도 들어줘야 하는 사람이 있어야 한다. '늙어감'의 체감온도는 계급과 성별에 따라 다르다. 중년 남자 감독과 젊은 여성 배우의 연애는 얼마나 흔한가? 반대 조합은 본 적이 없다. 사회적 지위가 있는 남자는 늙어도 '노인'이 아니다. TV만 켜도 성별에 따라 '늙어감'의 속도가 다르다는 걸 알 수 있다. 국가인권위원회가 2017년 조사해보니, 일곱 개 채널 종합뉴스에서 여성 앵커는 열 명 중 여덟 명이 30대 이하, 남성 앵커는 열 명 중 아홉 명이 40대 이상이었다.

소설 《파과》의 주인공 '조각'은 살인청부업자인데 나이가 예순다섯 살이 되니 가는 데마다 '어머니'란다. 그럴 때마다 까칠하게 대꾸한다. "나는 당신 어머니가 아니야." '어머니'는 존경을 가장한 굴레다. 일테면 누가 어머니라 부르며 연애하자고 할까? 예전에는 날카롭고 냉철한 처리에 "손톱"이라 불렸던 그가 이제 "치매 아니냐, 칼 대신 포크 들고 나가는 거 아니냐"는 소리를 듣는다. '조각'은 한 20대 청년과 목숨 건 대결을 벌인다. 이 소설을 내게 권한 20대는 이렇게 말했다. "왜 저는 주인공이 당연히 비극을 맞이할 거라 생각했을까요?"

나이 들어도 충족되어야만 하는 욕망은 비슷하다. 사

람은 지독하게 사회적 동물이라 사랑과 접촉이 없으면 영혼이 죽는다. 나이가 들어도 똑같은 강도로 외로움은 외로움이고 고통은 고통이다. 마사 누스바움은 셰익스피어의 《로미오와 줄리엣》과 《안토니우스와 클레오파트라》를 비교하면서 중년의 사랑이 빚을 수 있는 아름다움에 대해 말한다. 주름과 나약함을 끌어안는 현실의 사랑에는 똥 싸고 오줌 누는 상대에 대한 깊은 이해가 있다. 그런데 존경해 마지않는 학자 마사 누스바움이 그렇다는데도, 나는 자꾸 '그런 사랑은 클레오파트라니까 가능한 거 아닐까'란 생각이 든다. 클레오파트라는 뭘로 관리했을까?

갱년기, 댄스복을 사다

"아줌마!"

이럴 때 돌아보면 십중팔구 기분 나쁜 일이 생긴다. 대개 지적이나 무례가 따라온다. 후줄근한 차림이면 더하다고 나는 느낀다. "아줌마~." 상냥하게 말하는 사람은 나한테 뭘 팔고 싶은 거다. 개랑 건널목에 서 있는데 누군가 나를 뒤에서 불렀다. "아줌마!" 손짓으로 비키란다. 까딱까딱. 길 가로막고 섰던 거 내가 잘못했다. 그런데 부아가 치밀었다. "비켜주세요"라고 말로 하면 안 되나? 돈 드는 일도 아닌데 사람끼리 서로 주고받기로 약속한 예의 좀 차려주면 안 되나? 더 짜증나는 건 내 분노가 정당한지 헷갈린다는 점이다. "아줌마라고 사람들이 함부로 하는 거 같다"고 엄마한테 하소연했더니 그런다.

"너 자격지심 '쩐다.'"

엄마 말이 반은 맞다. '아줌마'인 게 자격지심이 된 까닭은 한국 사회에서 지위가 없는 중년 여자를 바라보는 시선을 내가 수용했기 때문이기도 하다. 피부색에 특정 속성을 얽어매듯 나이에도 그렇다. 40대 중반이 되고 노동시장에서 내 가치는 '파격 세일' 중이다. 그래도 안 팔린다. 남성도 여기서 자유로울 수 없지만, 여성에게 주름은 '존엄'을 위협한다.

사실, 나한테 화가 났다. '대체 어떻게 살았던 거야.' 40대가 되니 내가 생각했던 '나'와 실제 나 사이 어마어마한 크레바스(빙하 표면에 생긴 깊은 균열)가 정체를 드러냈다. '언젠가 뭔가는 되겠지' 생각했는데 앞으로 쭉 아무 것도 아닐 가능성이 크다. 팔자 주름이 선명해진 이 낯선 몸 안에 열다섯 살 그대로인 내 욕망이 갇혀 있다. 관계 맺기에는 여전히 서툴고, 실수인 줄 알면서도 같은 행동을 주야장천 반복한다. 무려 40년 넘게 그러고 있다.

중간결산을 받고 자신의 적나라한 '꼬라지'에 절망하는 사람은 나만이 아니다. 미국 다트머스대학교 데이비드 브랜치플라워 교수가 132개 나라 자료를 분석해보니, 인생에서 가장 불행한 나이가 선진국에서는 평균

47.2세, 개발도상국에서는 48.2세로 나왔다. 긴장, 슬픔, 불안 등 15개 항목을 기준으로 분석해보니 그렇단다. 게다가 곧 내게 갱년기가 올 거다. 머리로는 '완경'이라 쓰지만 내 마음은 '폐경'이라 읽는다.

"이대로 사라졌으면…."

김정숙 씨(52세)는 갱년기를 지독하게 앓았다. 개인차가 크지만, 영국완경학회가 최근 발표한 자료를 보면, 45~64세 여성 응답자 42퍼센트가 갱년기에 대해 "생각보다 훨씬 어려운 시기를 보냈다"고 답했다. 안면홍조, 발한, 기억력 감퇴, 불면 등 증상도 다양했다. 정숙 씨는 그 가운데서도 최상급 고통을 겪었다. 멀미처럼 시작한 어지럼증 탓에 운전을 할 수 없었다. 몸에서 느껴지는 열기 때문에 달리는 버스에서 뛰어내리고 싶었다.

"손바닥, 발바닥이 너무 뜨거워. 가슴이 폭발할 것 같았어요."

같은 시기를 지나는 친구들까지 정숙 씨에게 "유별나다"며 정숙 씨의 마음을 후벼 팠다.

무엇보다 그를 괴롭힌 건 허무함이었다. 정숙 씨는 열심히 살았다. 자식 둘을 성인으로 키웠다. 애견미용사, 피부미용사, 플로리스트 자격증도 땄다. 시도 배웠다.

"그런데 돌아보니 아무것도 이루지 못한 거야. 나는 왜 하나도 꾸준히 하지 못했을까. 그렇게 쉰 살이 되니, 이제는 늦었고 돌이킬 수 없다는 생각에 눈물이 계속 났어요."

그 와중에 어머니가 근육병으로 쓰러졌다. 어머니가 애지중지하던 오빠 셋은 병간호를 맡지 않았다. 돌봄은 정숙 씨 몫이 됐다.

"극진하게 간호하고 싶었는데 엄마를 보면 마음속에서 분노가 일었어요. 다 부숴버리고 싶더라고요."

어머니가 돌아가시고 정숙 씨는 자기를 파괴하는 생각에서 뛰쳐나가기로 했다. 몸치 박치지만 안 해본 걸 했다. 핑 돌면 부채처럼 퍼지는 분홍색 댄스복을 사고 '라인댄스'를 신청했다. 50~70대 여자들이 줄지어 가요나 팝에 맞춰 춤을 췄다. 혼자 추는 춤과 달랐다. 다른 사람의 리듬에 내 몸을 맞추다 보면 들러붙었던 생각이 멀어졌다. 한 일흔한 살 '언니'는 선글라스를 끼고 여행용 가방을 끌고 다녔다. 그 가방에는 동생들에게 나눠줄 귤과 빵, 유산균 음료가 들어 있었다. "정수리에 얹을 뚜껑"이라고 새로 산 부분가발을 자랑하며 언니는 뭘 자꾸 먹였다. "예쁘다, 예쁘다" 하며 정숙 씨를 터널 밖으로 밀어냈다.

고추, 상추, 가지, 무당벌레도 정숙 씨를 도왔다. 정숙 씨는 어머니가 살던 시골집으로 내려가 텃밭을 가꿨다.

"새벽 5시에 일어나요. 고추랑 이야기하고 그래요. 이상하게 사람을 안 만나도 외롭지 않더라고. 단풍나무를 보고 있으면 마음이 고요해져요."

그 시골집에서 그가 "짐승처럼 울던 날", 남편이 말했다. "당신이 이것저것 하는 건 집중력이 없기 때문이 아니야. 당신은 호기심이 많은 사람이야." 그때 정숙 씨는 생각했다. "이게 나구나."

노년을 다룬 책들을 읽어보면, 행복곡선은 저점을 찍고 천천히 다시 오르며 U자를 그리는데 이때 필요한 것 하나는 자기통합이다. 자신의 밝음과 어둠, 직선과 곡선을 받아들이는 것이다. 마사 누스바움은 이런 감정들이 자기합리화나 자신을 처벌하는 자책과는 다르다고 《지혜롭게 나이 든다는 것》에 썼다. "내 행동이 옳았다고 생각하는가, 아닌가? 그것은 자기 변화를 위해 유용한 질문이다." 고미숙은 《나이듦 수업》에서 "인간은 81난을 겪어야 탐욕, 분노, 어리석음을 덜어낼 수 있다"고 했다.

변화는 완전한 몸과 마음을 상상하는 것이 아니라 늙고 죽을 불완전한 자신을 받아들이는 것에서 시작했다. 불완전한 자신을 받아들이는 건 불완전한 타인을 끌어안을 준비가 됐다는 뜻이기도 하다. 어쩌면 행복곡선의 바닥을 찍고 나서 '생산'의 몸에서 '공감'의 몸으로 넘어가는지도 모르겠다.

　"우리가 우리 자신으로부터, 그러니까 우리 자신의 몸으로부터 숨는 일을 그만두지 않는다면 우리가 서로 사랑할 수 없으리라."(마사 누스바움, 《지혜롭게 나이 든다는 것》)

어쩔 수 없는 나여도 괜찮다

- 거식증과 싸워온 신지유 씨

신지유 씨(39세, 가명)는 내가 맡고 있는 글쓰기 수업에서 처음 만났다. 그는 미술비평 쪽 박사과정을 밟고 있었다. 나는 잔뜩 졸았다. 그는 우아했다. 부티가 났다. 초반에는 내가 듣도 보도 못한 그림에 대한 글을 썼다. '하나도 안 궁금한데.' 이렇게 교양 있는 사람을 보면 괜히 삐딱해진다.

수업이 끝나갈 즈음 지유 씨는 글 두 편을 썼다. 그 글을 읽고 나를 포함해 수업을 듣던 사람들 모두 한동안 아무 말도 못 했다. 그 글들에는 추상이 하나도 없었다. 낱말마다 핏방울이 고였다. 그 두 편에 그는 거식증의 고통을 담았다.

한 달 뒤 나는 지유 씨에게 인터뷰를 해줄 수 있겠느냐고 부탁했다. 거절당할 줄 알았다. 돈을 주지도 않는데 왜 자신의 고통을 타인에게 이야기해주는 수고를 자처하겠나. 나라면 절대 안 한다. 그는 해줬다. 9년에 걸친 치료 과정과 성찰을 레퍼런스 목록까지 만들어 내게 들려줬다. 이 대가 없는 노동이 같은 문제로 고통을 겪고 있는 사람들을 향한 지유 씨의 연대였다고 나는 생각한다. 그는 용기로 문제에 대면했고 지성으로 분석했으며, 결국 마음으로 자신을 받아들였다. 이제 "자신과 친구가 됐다"고 말했다. 아래 글은 그를 주어로 인터뷰를 정리한 것이다.

66 아침에 일어나면 손가락뼈부터 봐요. 관절이 살에 얼마나 파묻혔나, 혈관이 뚜렷하게 보이나. 체중계에 올라가면 되는데 객관적 지표를 보는 게 두려워서 이러는 거예요. 그래도 이제는 여기 머물러 있지 않아요. 금방 생각이 바뀌어요. 손가락 살이 쪄 보여도 "괜찮아" 할 수 있어요. 생각의 경직성이 풀어진 거 같아요. 거식증에 완치란 없다고 생각해요. 재발률도 높고요. 문제를 일으킨 사고방식이 쌓여온 시간보다

치유의 시간이 짧으니까요. 다루며 살아가는 거죠. 극복해 가고 있다고 생각하는 까닭은 '괜찮아'라는 개념이 제게 들 어왔기 때문이에요. '마르지 않아도 괜찮아.' '마른 몸에 초 연하지 않은 사람이라도 괜찮아.' '완치되지 않아도 괜찮아…'

마른 몸은 제게 상징이었어요. 처음엔 사랑받을 수 있 는 자격이었어요. 나중엔 모든 것의 자격 조건이 돼버렸어 요. 사회에서 존재해도 되는 자격, 말할 수 있는 자격…. 그 런 자격을 획득하는 데 방해가 되는 식욕은 반드시 통제해야 한다고 생각했어요. 살 자격이라는 질문 자체가 틀린 건데, '소중한 존재가 아닌 나는 왜 살아야 하지' 같은 생각이 드니 자격 조건을 찾았던 거 같아요.

다섯 살 때 이미 알았어요. 부모님에게는 사랑받을 수 없구나. 사랑받고 싶은 건 인간의 본능이니까 다른 곳에서 찾아봤어요. 신데렐라같이 동화에 나오는 남녀의 연애를 사 랑의 전형이라고 생각했어요. 그 사랑을 어떻게 받을 수 있 을까? 엄마는 뚱뚱했어요. 그래서 아빠가 싫어하나 보다 생 각했죠. 큰언니는 연예인 하라고 명함 받을 정도로 예뻤어요. 편지, 선물도 많이 받았죠. '날씬하고 예쁘면 사랑받는구나' 그런 도식이 생겼어요.

게다가 음식과의 관계가 좋지 않게 설정됐어요. 가족 안에서 소통으로 관계를 다질 수 없었어요. 대신 음식을 주고 먹으면서 가족이란 걸 확인했죠. 내가 태어나기 전부터 아빠는 쭉 외도했어요. '아빠가 떠나면 어떻게 하지' 불안한데 모른 척 연기해야 했어요. 엄마는 정서적으로 피폐해진 상태에서 쭉 우리를 키웠어요. 집에 전화가 오면 엄마가 예민해져요. 아빠 애인일까 해서요. 예닐곱 살 때 전화를 받았는데 누가 걸었는지 확인하지 못했어요. 엄마가 "왜 놓쳤어"라면서 때렸어요. 그러고는 울지 말라며 엄마가 만두를 줬어요. 그걸 거절하면 안 돼요. 음식은 관계 회복을 위해 먹어야 하는 거였어요. 동시에 힘들 때 즉각 위안을 주는 유일한 것이기도 했죠. 그렇게 열 살 때 47킬로그램까지 쪘어요.

학교에 가니 부모에게서 받을 수 없는 사랑을 어떻게 하면 선생님이나 아이들에게서 얻을 수 있는지 알게 됐어요. 공부 잘하기와 아이들 웃기기였어요. '내가 뭘 하고 싶은가'가 아니라 '내가 이렇게 하면 사랑을 얻겠구나'를 알게 된 거

예요. 점점 내가 뭘 원하는지 못 듣는 사람이 돼갔어요. 그때
는 살기 위해 어쩔 수 없었겠지만요.

중학교 때부터 폭식과 절식을 반복했어요. 거식증은 폭
식증과 하나이니까요. 링 도넛 12개를 10분 안에 먹어요. 창
피하니까 아무도 없는 곳에서 먹어요. 맛을 느끼는 게 아니
에요. 식이장애는 전반적으로 흐르는 공허감 때문에 발현되
는 거라서 언제든 먹을 수 있어요. 하늘이 맑아서도 먹을 수
있는 거예요. 폭식은 절식으로 이어지는데 절식할 땐 하루
50킬로칼로리 이하로 먹어요. 시금치, 양배추 데친 것 정도
만 먹어요. 정신과에서 주는 약 캡슐의 칼로리까지 계산해
요. 키가 168센티미터인데 몸무게가 37킬로그램까지 떨어졌
어요. 스물다섯 살 때 어머니가 심장수술을 하셨어요. 엄마
에 대한 집착이 심해서 병원에 자주 갔어요. 엄마가 11층 1
인실에 계셨는데 저는 병실에 앉아 있지 않고 1층부터 거기
까지 계속 왔다 갔다 해요. 대학원 강의 들을 때도 몸의 한
부분을 계속 움직여요. 조금이라도 칼로리를 소모하려고요.

대학원 다닐 때 식이장애가 심각해졌어요. 사회로 나가
야 하는 두려움이 생겼던 거 같아요. 불특정 다수에게 어떻

게 사랑받아야 할지 모르겠더라고요. 그래서 뭐든 극단적으로 했어요. 몸무게 줄이기도 극단적으로 가버렸어요.

생각의 왜곡이 심해졌어요. '먹는다/먹지 않는다'와 연결된 이분법과 강박증이 생활 전반에 스며들었어요. 엄마가 때를 밀어달라고 하면 등껍질을 밀어버려요. 자꾸 밀면 뭐가 나오니까. '이게 나오면 안 되는데'에 매달리는 거죠. 글을 쓰려 해도 노트북을 못 열어요. 일단 열면 되게 잘해야 해요. 음식에 대한 통제가 생활 전반에 대한 통제로 퍼졌어요. 어딜 가려면 동선을 정확하게 그려야 해요. 조금의 낭비도 있으면 안 돼요.

사랑받지 못했을 때 오는 불안이 있어요. 얼마나 예뻐지면 안 불안할까. 판빙빙 정도 돼야 할 것 같아요. 얼마나 부자가 돼야 안 불안할까. 일론 머스크 정도 돼야 안정감이 들 것 같은 거예요. 사람의 욕구는 스프링 같은 거라 눌러놓으면 더 튀어 올라요. 사람들에게 사랑받으려고 극단적으로 노력하다 보니 동시에 반사회적이 되고 싶은 마음도 커졌어요. 친구를 왜 사귀는지도 모르게 됐어요. 제 자신에게서 제가 분리되다 보니 관계가 상대를 만족시키기 위한 쇼가 돼버려요. 존재 자체를 감사히 즐기는 게 아니라요.

비밀이 너무 많았어요. 몰래 먹어야 하고 다른 사람에게 잘 보이고 싶은 마음도 숨겨야 해요. 멋있는 사람이 되어야 하니까. 분노도 숨겨야 해요. 내가 지키고 싶은 이미지에 위배되는 것은 다 감춰야 해요. 살이 빠지니 인기가 생겼는데 관계는 왜곡됐어요. 내게 사랑을 줄 수 있는 사람을 골라 착취했어요. 상대한테 '이래도 사랑할 거야?' 같은 정신적 차력을 요구하고요. 누군가를 좋아하는 건 굉장히 비굴하다고 생각했어요. 도도해 보이지만 사실 버려질 걸 항상 준비했던 거예요. 내 자리가 없으면 잃어버릴 것도 없으니까요. 진짜 나와 외부의 내가 분리됐어요. 내 자신이 흐릿해지는 느낌이 실제로 들었어요.

주변 사람들이 내 욕구의 샌드백이 돼갔어요. 내 안의 공허나 분노를 인정하기 싫으니까 상대가 그렇다고 투사해요. '네가 분노하는 거잖아, 나 아니야 너야' 이렇게 타인에게 반사하는 거예요. 남을 지적하면 나는 순수한 사람으로 남을 수 있으니까요. 결국에는 그 공격을 다 자신에게 퍼붓게 돼요. 상대를 비난해봤자 이게 투사라는 걸, 뻥이라는 걸

본능적으로 알죠.

강박증, 예민함, 불안⋯. 그 중심에는 통제하고 싶은 욕망이 있어요. 내 몸, 사람들이 날 대하는 방식, 모든 걸요. 그 바탕엔 공허함이 있었어요. 내가 없는 듯한 느낌이에요. 내가 뭘 해야 할지, 뭘 느껴야 할지 몰라요. '내가 되고 싶은' 나보다 '남이 원하는' 내가 되려 했기에 기준이 외부에 있었어요. 그래서 내부를 알아차릴 수 없게 돼버렸어요. 생리적인 것까지 못 알아차릴 정도였어요. 예전에는 오줌을 누기 직전까지 오줌이 마려운 줄 몰랐어요. 신발 때문에 발에 피가 나도 하루 종일 걸어요. 공허해서 나를 못 알아차리고 내가 없어서 공허해지는 사이클을 돌아요. 먹는 순간에는 내가 존재하는 걸 확인할 수 있으니 배가 터지게 먹어요. '뭘 하고 싶다'가 없으니 '실수하면 안 돼'만 남아요. 이 삶은 실수 아니면 통과인 거예요. 타율에 따라 살다 보니 자율이 사라져버렸어요.

키 168센티미터에 체중 37킬로그램이 되면 너무 추워요. 형광등 불빛이 너무 눈 부셔서 방에 촛불을 켜고 있어요. 어느 날 물 마시러 가는데 눈을 떠보니 바닥에 쓰러져 있었어요. 제가 "엄마 너무 아파"라며 울면서 웃고 있는 거예요. 울면서 웃는 이 상태가 내가 생각해도 정말 이상했어요. 그래서 정신과에 가게 됐어요. 그동안에는 거식증을 인정하기보다 의지력이 좋다고 생각했는데 이제 뭔가 주도권을 놓쳤다는 느낌이 들었어요.

병원을 네 번 옮겨 다녔어요. 9년에 걸쳐 시행착오를 겪었어요. 제가 '주지화'라는 방어기제를 썼어요. 인과관계를 이성적으로 파악하고 '나 알아'라는 자세를 취하는 거죠. 감정은 중요하지 않아요. 사랑이 호르몬 작용이라고 하면 뭔가 명확해진 거 같잖아요. 세상이 정돈돼 보이고요. 그런데 어느 순간에 그 방어기제를 쓸 수 없게 됐어요. '알아서 뭐하는데, 못 고치잖아' 이렇게 된 거예요. 더 이상 물러설 길이 없더라고요. 살이 가리는 그 아래 문제를 해결해야겠다는 생각이 들었어요. 부모에게 사랑받지 못한 트라우마가 있어요. 하지만 이제 시간이 흘러 그 결핍은 부모의 사랑으로 채울 수 없어요. 심리적 왜곡을 바로잡는 데 도움이 된 핵심 명제는 세 가지였어요. '나는 이대로 충분하다.' '법을 어기거나 악의를 실현하는 일이 아니면 나는 무엇이든 해도 된다.' '나는 나다.'

인지행동치료로 현재에 머물며 알아차리는 연습을 해요. 뭘 알아차리느냐 하면 전부 다요. "괜찮아?" 나한테 계속 물어요. 하고 싶은 것만 하는 '욜로'랑은 달라요. 의지를 발휘하는 게 마음에 드는지, 그 정도는 괜찮은지도 물어요. 몸이 어떻게 느끼는지 그저 바라보는 명상을 했어요. 핵심은 가치판단 없이 보는 거예요. 나뿐만 아니라 타인에 대한 가치판단도 일단 유보하려고 해요. 그러니 자신과 타인을 수용하는 게 덜 어려워졌어요. 판단을 덜 하니 용서할 일 자체가 줄었어요.

정신과 선생님께 이런 걸 물은 적이 있어요. "대상포진에 걸렸는데 수영 강습에 갈까요? 안 가면 수영 선생님이 실망할 거 같은데." 선생님이 그러더군요. "아무렇게나 하셔도 돼요." 내가 그랬죠. "잘못되면 어떻게 해요." "그때 바로잡으면 돼요." "그런 바보 같은 짓을 왜 해요." "바보 같은 짓하면 안 돼요?" 뭐든지 해도 되는데 뭘 해도 되는지 모르겠더라고요. 하여간 그날 수영 강습에 안 갔어요. 사소한 것부터 해보니 내가 하고 싶은 걸 해도 큰일이 벌어지지 않더라고요.

여전히 내 목소리가 잘 들리지는 않아요. 그런데 이제 느끼고, 생각하고, 화장실 가고 싶고, 배부르고, 배불러도 더 먹고 싶고, 살쪄도 괜찮다고 생각하는 내가 있다는 느낌이 들어요. 내가 있다는 걸 아니까 '살 자격'이라는 문제도 해결됐어요. 아무거나 해도 되니까 아무 존재여도 되는 거예요. 현재의 나로 머물 자격이 있는 거예요. 진짜 작은 것들이 쌓이며 알게 됐어요. '한 큐' 같은 건 없어요. 인과관계가 정확히 보이지 않아도 이게 답이에요. 현재의 내가 원하는 걸 해 주다 보니 딱히 문제가 안 생기는 것 같았어요. 나를 받아들이는 순간과 과정의 조각들이 모여서 '어느새' 괜찮아지고 있는 거죠. '이게 어쩔 수 없는 나구나. 어쩔 수 없는 나라도 괜찮구나. 나라는 게 있는 거야'라고 생각하니 공허감이 사라져갔어요. 사랑받지 못한 공허감 때문에 내가 누군지 몰랐는데 내가 누군지 알게 되면서 굳이 사랑에 연연하지 않게 된 거예요. 나를 인정하니까 욕구에 솔직해져요. 내 한계를 수용하니 타인의 한계도 수용하게 돼요. 어쩔 수 없음을 받아들이는 거예요.

내가 나랑 친하지 않을 때 외로운 것 같아요. 나랑 친하다는 게 내가 뭘 원하는지, 뭘 필요로 하는지, 그걸 못 해주면 왜 못 해주는지 아는 정도예요. "괜찮아?" "어때?" 물어보고 애기 많이 나누고 그러면 친구인 거죠. 나 자신과 친구가 되니 관계에 여유가 생겨요. 왜냐하면 나한테는 언제나, 내 곁에 있어줄, 나라는 친구가 있거든요. 지금도 주문을 외워요.

"나는 나야. 내가 있는 거야."

CHAPTER2

추방당하는 몸

나의 깨끗함을 위해선
남의 더러움이 필요해

윤가은 감독의 영화 〈우리들〉에서 '선'은 왕따다. 피구 시간에 끼워주는 팀이 없어 마지막까지 남는 애다. 이유는 없다. 아이들은 다만 "쟤한테 냄새나지 않냐"고 한다. 선은 자기 티셔츠 냄새를 킁킁 맡아본다. 봉준호 감독의 영화 〈기생충〉에서도 냄새는 경계다. 박 사장이 악의적으로 약자를 괴롭히지는 않는다. 다만 그는 "지하철 타는 사람들에게서 나는" 냄새에 코를 틀어막는다. 반지하에 살아 언제나 큼큼한 냄새가 나는 기택이 폭주하는 순간은 바로 박 사장이 코를 틀어쥘 때다. 냄새는 내가 먹고 자고 똥 싸는 조건을 나도 모르는 사이에 드러낸다. 계급뿐만 아니라 먹고 자고 똥 싸지 않으면 살 수 없는 '동물'로서의 내가 냄새에 밴다. 냄새에는 동물적인 데가 있다. 그래서 악취는 모멸과 수치심을 동반한다. 박 사장은 코를 틀어막는 것만으로 기택에게 충분히 그런 뜻을 전달했다. '너와 나는 같은 사람이 아니다.' 사람에게서 '같은 사람'으로 인정받지 못하는 건 깊은 내상을 남긴다.

밥 먹고 똥 싸는 그 '지저분한 과정'이 우리를 살게 하는데, 어떤 사람들은 그 과정이 없는 것처럼 군다. 신체 분비물과 연결된 악취, 끈적끈적함, 불결함은 다른 집단에 투사된다. 자신의 '깨끗함'을 증명하려면 타자의 '더러움'이 필요하다. 투사를 뒤집어쓴 집단은 사회적 위계 아랫단을 차지한 사람들이다.

여성, 빈곤층, 외국인은 역사적으로 '단골 투사 집단'이었다. 실제건 아니건 불결한 이미지가 한 집단에 들러붙으면, 차별과 학대가 합리화된다. 그 차별과 학대의 결과로 더러워지면 혐오는 더 단단해진다. 차별하니 더러워지고 더러워지니 차별한다.

존 맥스웰 쿠체의 소설 《야만인을 기다리며》는 어떤 제국의 변경에 있는 마을 이야기다. '문명인'이라는 자들이 타인을 '야만인'으로 분류하는 기준은 "식습관이 다르고 눈꺼풀이 다르게 생겼다" 따위다. 이 기준이 말이 되건 안 되건 상대가 '야만'이 되고 나면 그들에게 야만적인 폭력을 행사할 수 있다. 주인공은 이 제국에서 치안판사로 꽤 존경받던 인물이다. 이유 없이 고문당해 발이 뒤틀려버린 한 '야만인' 여자를 부족에 돌려보내고 감옥에 갇힌다. 주인공이 존경받는 인물에서 떠돌이 개 같은 존재가 되는 데 오랜 시간이 걸리지 않는다. 첫 단계는 감옥에서 똥 싸고 오줌 누게 하는 것이다.

존엄이 무슨 성배처럼 인간 안에 버티고 있는 것은 아니다. 우리가 존엄하다는 건 서로 확인해줘야 알 수 있다. 그 확인은 사소하다 싶은 의례로 매 순간 일어난다. 어떻게 잠자고 똥 싸고 밥 먹는지가 존엄을 확인하는 순간들이다. 존엄은 한순간의 눈빛으로, 코 막음으로 무너뜨릴 수도 있다.

'임계장'은 임시 계약직 노인장의 준말이다. '고다자'라고도 한단다. 고르기 쉽고 다루기 쉽고 자르기 쉽다는 뜻이다. 38년간 공기업에 다니다 퇴직한 예순세 살 조정진이 쓴《임계장 이야기》에 나오는 말이다. 퇴직한 뒤 그는 '임계장'으로 터미널 배차원, 경비원 등을 거친다. 배차원으로 일할 때 회사는 버스 기사에게는 6000원짜리 식권을, 배차원에게는 4000원짜리 식권을 준다.

식당에서는 4000원짜리 식권을 들고 온 배차원을 '밥도둑' 취급한다. 아파트 경비원은 초소에서 밥을 먹지 못한다. 지하로 내려가야 한다. 석면가루가 떨어지는 곳이다. 음식물 쓰레기 처리, 폐기물 처리, 잡초 뽑기, 정화조 청소 그리고 각종 노역을 하다 보면 언제나 악취·먼지·오물을 뒤집어쓴다. 그런데 씻지 못하게 한다. 샤워장은 관리사무소 직원용이다. 빌딩 지하주차장에서 배기가스와 먼지로 범벅이 돼도 샤워할 시간을 주지 않는다. 종합버스터미널 경비원 대기실은 공중화장실에 붙어 있다. 이곳에서 세 사람씩 매일 잔다. 침구에서는 벌레가 무더기로 나온다. 세탁해달라고 하면 파견업체에 가서 이야기하라 하고 파견업체에서는 원청에 요청하라고 한다. 침구를 볕에 말리지도 못하게 한다. 고객에게 불쾌감을 줄 수 있으니까.

그에게 한 경비원 선배는 이렇게 말한다.

"자네는 경비원도 사람이라고 생각하지? 그 생각이 잘못된 것이라네. 사람이라면 어떻게 이런 폐기물 더미에서 숨을 쉴 수 있겠는가? 사람이라면 어떻게 이런 초소에서 잘 수 있겠는가? 사람이라면 어떻게 석면가루가 날리는 지하실에서 밥을 먹을 수 있겠는가?"

한 아파트 주민은 폭언 갑질을 한 뒤 말라빠진 사과 하나를 그에게 건넨다. 쓰레기통에 버릴 만한 사과다. 조정진은 그날 당한 일을 "살고 싶은 마음이 사라질 만큼의 학대"라고 썼다.

침구를 빨고, 샤워장에서 샤워할 수 있게 하고, 대기실을 만드는 데 돈이 얼마나 드는지 모르겠다. 나는 세탁비나 물 값 때문만은 아니라고 생각한다. 그런 곳에서 먹고 자고, 씻지 못하게 하는 건 '그들'을 '우리'에게서 분리하는 방식이다. 매 순간 당신은 '그들'이지 '우리'가 아니라고 당사자의 마음에 새겨 넣는 방법이다. '우리'를 착취할 수는 없으니까, '그들'이 돼야 착취하기 쉬우니까.

천진난만함이 꼴 보기 싫어

한 취업준비생이 자기소개서를 보여줬다. 점심으로 감자탕을 먹는 중이었다. 그는 교환학생도 다녀오고 자원봉사도 여러 가지 했다. 그런데 '소수자'의 목소리를 대변하고 싶다는 지원 동기가 모호한 거 같았다. 왜냐고 꼬치꼬치 캐물었다. 진짜 이유가 뭐야? 청년은 한참 망설였다.

"사실 제 아버지가 산업재해를 당하셔서 몸이 불편하세요."

나는 아무렇지도 않게 또 물었다. "왜 그걸 안 써?" 청년은 돼지 뼈를 발랐다. 울음을 참고 있었다. 나는 당황해서 국물을 떠먹었다. 뼛조각이 여럿 쌓인 뒤에야 그가 말했다.

"회사에서는 긍정적이고, 그늘 없는, 그런 빠질 데 없는 사람, '그럼에도' 약자에게 공감할 수 있는 사람을 원하는 거 같아요. 약자가 아니라요."

'그늘이 있는 사람'으로 비칠까 불안한 마음, 그 불안을 드러낼 수 없는 마음, 그 불안을 자책하는 마음을 나는 몰랐다. 그래서 왜 솔직하지 못하냐고 물었던 거다. 맹숭맹숭한 얼굴로.

2008년 서울 상도4동 무허가촌을 취재한 적이 있다. 전셋값 100~200만 원 하는 집들이 300가구 들어찬 곳이다. 땅 주인이 철거할 테니 나가라는데 이곳에서 전세, 월세 내며 수십 년 산 사람들은 갈 곳이 없었다. 내가 찾아가기 전날 아침 10시, 용역업체 직원들이 지붕을 타고 내려왔다. 그날 집 33채가 부서졌다. 막아섰던 주민들은 갈빗대가 나가고 대야에 머리를 처박혔다. 내가 도착했을 때 동네는 이미 폐허 같았다. 파란색 슬레이트 지붕 집 마루에서 40대 여자가 그날 일을 설명해줬다. 나는 좀 울었는데 그 와중에 오줌이 마려웠다. 내가 화장실 좀 써도 되냐고 물으니 여자가 머뭇거렸다.

"저 아래 대로 쪽으로 가시면 상가가 나올 거예요. 거기서… 저희 집은… 수세식이 아니라서… 보여드리기가…."

여자는 창피해하는 것 같았다. 나는 오줌을 참으며 생각했다. '집 화장실은 자기가 아닌데 왜 창피해하지?' 평생 수세식 화장실이 있는 집에서 살아온 나는 화장실과 나를 엮어 생각해야 했던 적이 없다. 그래서 편하게 그를 판단했다. 알지도 못하면서, 오줌 마려워 짜증 난 얼굴로.

부탄에 살 때 독일인 백인 남자와 레스토랑에 간 날이었다. 꽤 비싼 곳이었다. 식탁에 하얀 테이블보가 깔려 있었다. 주문한 음식을 먹고 있는데 양복을 입은 매니저가 다가와 물었다. "음식은 마음에 드시나요?" 독일 남자만 보고 물었다. 두 번이나 그랬다고 나는 생각했다. 머리가 복잡했다. '왜 나한테는 안 묻지? 여자라서? 동양인이라서? 내가 과잉 반응하고 있나?' 내가 이 오만 생각에 골몰하는 사이, 그는 맛있게 먹었다. 오물오물 잘도 씹어 먹었다. 평온한 얼굴로. 식당에서 나오면서 내가 차별당한 것 같아 기분 나쁘다니 그가 말했다. "뭘 그렇게 복잡하고 부정적으로 생각해. 그냥 물어본 거뿐인데." 나는 속이 부글부글했다. '너는 천진난만하게 살 수 있어 좋겠다. 너는 항상 네가 누군지 생각하지 않아

도 돼서 좋겠다.'

특권은 편안함이다. 너무 자연스러워 특권을 누리는 게 느껴지지도 않아야 일상적 특권이다. 피부색, 성별, 가난 탓에 자기가 타인에게 어떻게 보일지 매 순간 신경 쓰지 않아도 되는 자유다. 타인의 시선, 타인의 시선으로 자신을 보는 자기 시선, 그 자기 시선을 회의하는 또 다른 자기 시선, 이 모든 시선에 신경 쓸 필요가 없는 거다. 그 시선들의 투쟁이 일어나는 복잡한 마음을 알지도 못하면서 묻는다. '그걸 왜 못 해?' '왜 그렇게 꼬였어?' 레스토랑에서 나오며 나는 그 백인 남자의 천진난만함이 꼴 보기 싫었는데, 생각해보니 그 감자탕집에서, 그 슬레이트 지붕 집에서, 나도 참 천진난만하게 꼴 보기 싫은 사람이었던 것 같다.

백인 혼혈은 예능에,
동남아 혼혈은 다큐에

나은이가 부럽다. KBS 〈슈퍼맨이 돌아왔다〉에 이 소녀가 나오면 '언어 천재'라는 자막이 달린다. 스위스인인 엄마 쪽 가족이랑은 독일어와 스페인어로, 아빠 박주호랑은 한국어로 말한다. 영어도 할 수 있다. 긴 갈색 머리에 큰 눈망울을 가진 이 아이가 웃으면 댓글 창에 심장이 아프다는 호소가 이어진다. 수리 크루즈(미국 배우 톰 크루즈와 케이티 홈스의 딸) 미모를 크게 따돌렸다고들 했다. 엄마가 등장한 장면에서는 "예쁨 뿜뿜" 자막이 깜박였다.

"가족들 설득하기 힘들었어요."

국제구호개발 NGO 세이브더칠드런에서 '언어 두 개, 기쁨 두 배' 프로젝트를 꾸렸던 담당자가 말했다. 다문

화가정 아이가 엄마 나라 전래동화로 말과 문화를 함께 배우며 자긍심을 갖도록 돕는 프로젝트였다. 베트남, 몽골, 중국 등에서 동화를 수집하느라 엄청나게 발품 팔았다. 정작 완성된 동화책을 공짜로 주겠다는데도 싫다는 시집이 많았다. "엄마가 한국말을 배우는 게 중하지." 그 엄마 나라 말이 영어, 독일어였다면 얼씨구나 하지 않았을까.

섞이지 않은 '순수한' 피가 있다고 치는 말이니 혼혈은 이상한데 바꿀 말을 못 찾겠다. 이제 한국에서 '혼혈'도 사랑받는다. 단, 부모 중 한 명이 백인이어야 한다. 단, 그 백인 부모는 이른바 '잘사는' 나라 출신이어야 한다. 단, 중산층 이상 가정이어야 한다. 단, 이른바 '정상가족'이어야 한다. 단, 비장애인이어야 한다. 그 까다로운 조건을 통과한 '얼굴 천재' 엘라 그로스, 나은이, 건우, 윌리엄, 벤틀리에게는 대개 아낌없는 이모와 삼촌이 돼줄 의향이 있다. 2017년 경기도외국인인권센터가 외국인 부모 145명에게 벌인 설문조사 결과를 보면, 열 명 가운데 세 명은 어린이집이나 유치원 입소를 거부당했다. "여긴 아프리카 아이가 없어요." 나은이 이야기를 하다 한 친구가 말했다. "백인 혼혈은 예능에, 동남아 혼혈은 다큐에 나오지."

　염운옥은《낙인찍힌 몸》에서 인종주의를 "타자의 '행위'가 아니라 '속성'에 근거해 타자를 분류하고, 측정하고, 가치 매기고, 증오하고, 심지어 말살하는 서양 근대의 이데올로기"라고 정의한다. 그 속성은 '몸'에 들러붙는다. '몸'의 표식으로 그 속성을 상상한다. 인종Race이라는 말은 동물의 혈통이나 품종을 뜻하는 스페인어 '라사'에 뿌리를 두고 있다. 처음 인간을 피부색으로 분류한 사람은 스웨덴 과학자 칼 폰 린네다. 1735년《자연의 체계》에서 유럽인 백색, 아메리카인 홍색, 아시아인 갈색, 아프리카인 흑색으로 나눴다. 이 분류는 제멋대로 발명품이다. 아버지가 케냐 사람이고 어머니가 미국인인 버락 오바마는 왜 흑인인가? 미국 남부에서는 조상 32명 중 한 명만 흑인이라도 흑인으로 분류했다. 어디까지가 유대인인가? 나치독일은 온갖 논쟁 끝에 조부모 네 명 중 세 명이 유대인이면 유대인이라고 규정했다.

　분류를 차별의 도구로 완성한 건 미학이었다. 린네와 같은 시기, 요한 요하임 빙켈만은 아름다움의 정수를 고대 그리스에서 찾았다. 인간 내면의 아름다움은 신체로 발현되는데 고대 그리스 조각들이 이를 구현한다는 거다. 그는 흰색에 매료됐다. 흴수록 선하고 선하니 아름답다. 오똑한 코, 살짝 튀어나온 이마가 '아름다움의 증표'가 됐다.(염운옥,《낙인찍힌 몸》) 지금도 그렇다. 지성은 흰색이다. 영화 〈혹성탈출: 종의 전쟁〉에는 인간보다 더 인간다운 유인원이 등장한다. 동물과 인간의 경계선을 지워버리는 전복적인 영화다. 영화에서 가장 '지적인' 존재는 유인원 리더 시저다. 시저의 얼굴을 가만히 보다가 나는 불편해졌다. 시저의 눈은 초록색이며 피부와 털은 다른 유인원보다 밝다. 시저가 판단을 내릴 때 카메라는 초록색 눈동자를 클로즈업한다. 왜 그래야 하나? 그 시각적 기호들로 관객은 시저가 지적인 존재임을 즉각적으로 알아차릴 수 있다. 2021년을 사는 나는 빙켈만이 아름답다고 생각한 그 얼굴들이 부럽다. 성형수술 후기 따위를 남들 몰래 훔쳐보다 보니 성형수술 광고가 날아온다. "눈 3종 세트로 눈을 또렷 시원하게 짜란" "필러로 이마 볼륨 채우고 옆모습에도 자신감 채우기" "오뚝한 콧날" "이제는 외모 콤플렉스를 벗어날 시간".

"이게 인종차별이라고 생각해?"

6년 전 독일에 살 때 한 친구가 하리보 젤리 하나를 보여줬다. 검은색 젤리는 동양인 얼굴을 하고 있었다.

눈이 위로 쪽 찢어졌다. 나는 머뭇거렸다. 비하당했다는 불쾌감이 올라왔다. 분류하는 자와 분류되는 자 사이의 권력은 불균형하니까. 그런데 내 눈을 보니 위로 쪽 찢어졌다. 내 눈을 묘사하면 비하의 표현이 된다는 걸 인정해야 하나? 그때 내 마음은 김지혜가 《선량한 차별주의자》에서 소개한 아주 오래된 실험 속 흑인 아이들과 비슷했던 것 같다. 1947년 케네스 클라크와 메이미 클라크가 3~7세 흑인 아이들에게 백인 인형과 갈색 인형을 보여주고 물었다. "어느 인형이 착해 보여?" "어느 인형이 예뻐?" 흑인 아동의 59퍼센트가 백인 인형을 착하다고 뽑았고, 60퍼센트가 백인 인형이 더 예쁘다고 했다. 연구자들이 "자기랑 닮은 인형은?"이라고 묻자 몇몇 아이는 울어버렸다. 외부의 시선은 내가 원하지 않건 원하건 내 안으로 들어와 나를 바라보는 시선이 된다. 나마저 나에게 타인이 돼버린다.

염운옥은 한국인의 백인 선망과 비백인에 대한 편견을 "강자와 자신을 동일시하며 만들어진 편견"이라고 분석했다. 1876년 개항할 즈음 한반도에 '인종' 개념이 들어왔다. 백인 제국주의가 세상을 집어삼키던 시절이다. 개화파 학자들은 조선인을 개조해 서구가 만든 '인종 사다리'를 오르려 했다. 아직도 그 사다리를 오르고 있는지 모르겠다. '우월한' 한국인의 '피'를 증명하고 싶나? 프랑스에 입양된 플뢰르 펠르랭이 장관이 됐을 때, 그 자신이 "프랑스 사람"이라는데도 언론은 '한국계'라고 강조했다. 한국이 펠르랭에게 미친 영향은 그를 이 땅 밖으로 내몬 것밖에 없다. 국적이 대한민국이고 여기서 20년 넘게 산 이자스민 전 국회의원의 기사에는 "한국인이 아니다"라는 댓글이 달린다. 혈통이 중요하다면 왜 중국동포는 차별하나. 인종은 피부색뿐만 아니라 문화적 표지에 들러붙어 무한 변태한다.

'우월한 피'를 증명하려고 아등바등하는 데는 열등감이 깔려 있다. 인종차별을 당하는 건 황인종인 한국인 아닌가? 그런데 한국인이 가해자라고? '우리는 인종주의의 피해자'라는 데 매몰되면 가해자인 자신을 보지 못한다. 피해자인 가해자가 때론 더 지독하다. 일말의 자기검열도 하지 않아도 된다고 믿으니까. 2020년 가나 사람 방송인 샘 오취리는 한국에서 퇴출됐다. 의정부고 등학교 졸업생들이 얼굴을 검게 칠하고 가나의 춤추는 상여꾼을 패러디한 걸 두고 "굳이 얼굴 색깔까지 칠해야 했나, 흑인들 입장에선 매우 불쾌한 행동"이라고 지적한 뒤다. 오취리가 자신의 인스타그램에 영어로 쓴 다음 문장이 뇌관을 건드렸다. "한국에서 다른 문화를 조롱하지 않고도 향유할 수 있다는 걸 이해하도록 교육에 많은 노력을 기울여야 한다. 이런 무지는 계속돼서는 안 된다." 그의 방송출연을 금지해달라는 청와대 국민 청원에 이렇게 쓰여 있다. "대한민국에서 먹여주고 배 불려준 한 외국인 방송인의 인종차별주의자라는 낙인." 이 글 자체가 인종주의를 인증한다. 샘 오취리는 한국의 시혜가 아니라 자신의 노동으로 살았다. "대한민국만큼 인종차별이 없는 나라는 없다"는 댓글들도 달렸다. 네팔인 산업연수생들이 몸에 쇠사슬을 두르고 "우리는 노예가 아니다"라고 외친 게 1995년이다. 지금도 그 구호는 여전하다. 우리가 먹는 밥, 사는 집, 입는 옷 그 모든 일상에 인종주의적 착취가 배어 있다.

차별해야 착취할 수 있다. 몸을 표지 삼아야 오래 쉽게 차별할 수 있다. 《낙인찍힌 몸》을 보면, 영국 산업혁명은 노예제 덕을 크게 봤다. 1990년대 한국 정부는 3D 업종이나 돌봄 노동자가 부족해지고 인구수가 곤두박질치자 이를 메울 수 있는 사람들을 국경 너머에서 불러들였다. 고용허가제로 들어온 노동자는 마음대로 직장을 바꿀 수도, 가족을 데려올 수도 없다. 김현미는《우리는 모두 집을 떠난다》에서 "외국인 이주자가 한국 사회의 위기를 해결하기 위한 가장 손쉬운 선택으로 동원됐다"며 "이주자를 통해 한국 사회가 연명하는데도 그들을 무시하고 착취하는 것을 방관할 것인가"라고 묻는다.

엄마 고희 때 말레이시아 패키지여행을 갔다. 가이드는 쿠알라룸푸르에서 오래 산 한국 사람이었다. "동남아 애들, 세차시키려면 500원만 주면 돼요. 팁은 1달러만 주세요. 버릇 나빠져요." 성인을 '애'라고 부른다. 한국에서 본 한 맥주 광고는 이랬다. 주인공인 한국 배우는 외국인 친구들과 집에서 영화를 보며 맥주를 마시고, 수영장에 간다. 평등한 관계를 전제한 '친구'는 백인이다. 18세기 빙켈만과 린네의 시대에서 얼마나 멀리 왔을까? 나는 어떤 몸을 아름답다고 느끼나?

존재하나 존재하지 않는 아이들

2017년 6월 한 슈퍼마켓 주인이 아동학대가 의심된다며 경찰에 신고했다. 열여덟 살 지은(가명)은 거스름돈을 계산할 줄 몰랐다. 학교에 가보지 못했다. 예방접종도 못 받았다. 한국인 부모는 10남매 중 네 명의 출생신고를 하지 않았다.

2020년 11월 세 살 지훈(가명)이는 온몸에 멍이 들고 장기가 일부 파열돼 치료를 받아야 했다. 아기는 국적이 없고 출생신고도 안 됐다. 치료비는 병원의 선의로 해결했지만 의료보험 가입도 안 되는 아이를 장기간 맡아주겠다고 나설 돌봄 시설을 찾기 힘들었다. 베트남 국적의 어머니는 아동학대 혐의로 구속됐다.

기사 속 아이들은 존재하나 존재하지 않는다. 2020년

11월 한 아파트 냉장고에서 주검으로 발견된 생후 2개월 아기도 그랬다. 출생신고가 안 된 아이들은 아동학대 통계에도 잡히지 않는다. 한국에서 부모가 출생신고를 하지 않으면 국가가 아이의 존재를 알 길이 없다. 본국의 탄압을 피해 온 난민이나 신분이 드러나는 걸 꺼리는 미등록 체류 외국인 부모는 출생신고를 하고 싶어도 못하는 경우가 많다. 자국 대사관에 가기 힘들기 때문이다. 한국 정부도 받아주지 않는다. '존재하지 않는 아이'들을 어떻게 보호할 수 있겠나. 이런 문제제기는 진부하다. '보편적 출생신고'가 필요하다는 주장이 나온 지, 세상에 존재한다는 기록도 없이 죽고 다치는 아이들에 대한 기사들이 나온 지 적어도 10년은 됐다. 유엔아동권리위원회가 "유엔아동권리협약 7조에 합치되도록, 부모의 법적 지위나 출신에 상관없이 모든 아동에게 출생 등록이 가능하도록 보장하는 조치를 취할 것"을 촉구한 게 2011년이다.

변할 가능성은 있다. 아이들 국적이 한국일 경우다. 정부는 2020년 5월 의료기관이 출생 사실을 국가기관에 알리는 '출생통보제'를 도입할 계획이라고 밝혔다. 진짜 실행될지는 미지수다. 의료계는 개인정보 처리 문제가 있으며 부모와 국가의 의무를 병원에 떠넘긴다고 반발하고 있다. 출산 기록을 남기지 않으려고 병원을 피해 아기를 낳고 유기하는 사례가 늘 것이라는 우려도 있다. 이 모든 '우려'들을 아이의 존재를 지울 수 있게 내버려두는 방식으로 해결하자는 이야기일까? 미혼모 낙인을 없애야 하는 거 아닌가? 혼자서 아기를 키울 수 있도록 적극적으로 지원해야 할 문제 아닌가? 병원의 행정적 부담 등을 해결할 제도를 마련해야 할 문제 아닌가? 10년 넘게 '시기상조'일까?

한국인 부모에게서 태어나지 않은 아이들 사정은 더 암울하다. 그나마 논의 중인 '출생통보제' 대상은 한국인이다. 2014년 이자스민 의원이 낸 '이주아동권리보장기본법'이 특별한 내용을 담고 있었던 것은 아니었다. 국적을 주자고도 하지 않았다. 출생을 등록하게 하고, 배우고, 치료받고, 차별받지 않을 권리를 보장하라는 내용이었다. 한국이 1991년 비준한 유엔아동권리협약대로다. 당시 법제사법위원회 게시판에 악플이 1만 5000개 달렸다. "불법 체류 천국을 만들려고 한다"는 그나마 예의를 갖춘 댓글이다. 인종주의가 날것 그대로 드러났다. 2018년 원혜영 의원이 외국인 아동의 출생사실도

등록할 수 있도록 '가족관계등록법 개정안'을 발의했지만 제대로 논의조차 안 된 채 사라졌다. 출생신고가 안 된 아이들은 아파도 기록이 없어 약 하나 처방받기 힘들다. '어떤' 아이는 국가가 방임한다.

존재하나 존재하지 않는 아이들에게 뭐라고 말해야 할까? 그러게 왜 한국에서 태어났냐고? 부모 국적 관계없이, 모든 아이의 출생 등록을 하도록 하는 영국, 오스트레일리아 등에서 태어나지 그랬냐고? 인구 절벽이라고 걱정하면서 정작 이곳에서 태어나 자라나는 아이들의 존재조차 지워버린 채 두자는 주장을 이해할 수가 없다.

"그럼 시설에서 살래요?"

전북 군산에서 낚싯배를 타고 유부도로 들어간 적이 있다. 7월 섬마을 자락에 파도가 일렁였다. 그곳에 정신질환자 수용시설이던 '수심원'이 있다. 비영리단체 '장애와인권발바닥행동'이 마련한 '수용소 다크투어'를 따라나선 길이었다. 운동장은 잡초가 점령했다. 어린이 머리만 한 잎사귀들이 얽히고설켜 발을 디딜 수가 없다. 덩쿨은 2층 흰색 건물을 집어삼켰다. 수심원의 쇠창살을 칭칭 동여맨 식물은 소리도 빨아들였다. 20여 년간 버려졌던 이곳에선 적막에 압도돼 감히 목소리를 낼수가 없다.

1974년 문을 연 수심원이 1997년 SBS 프로그램 〈그것이 알고 싶다〉의 폭로로 긴급 폐쇄될 때까지 이곳에서 수용자들은 강제노역에 동원되고, 맞아 죽고, 암매장당했다. 한 번 끌려오면 나갈 수 없는 곳이었다. 시설 바닥에는 폐쇄 당시 모습 그대로 누렇게 바랜 수용자 기록들이 흩어져 있었다. 화장실에는 칸막이가 없다. 똥 눌 때도 홀로일 수 없다. 방문은 밖에서만 잠긴다. '여자 수용실' 벽엔 이렇게 쓰여 있다. "자조, 자립, 자위 1971년 1월 1일 박정희". 폐쇄되고 20년 뒤 SBS는 당시 아무 대책 없이 흩어진 수용자들을 수소문했다. 그들은 사라지거나 숨지거나 다른 시설에 살고 있었다.

2층 옥상에 여름 볕이 쨍했다. 섬이 반짝였다. 수심원 담 바로 옆에서 한 할아버지가 꽃에 물을 줬다. 그 집 마당 그늘에서 개가 졸았다. 밭 사이로 단층집들이 자리 잡았다. 담을 사이에 두고 다른 세상이다. 수용자들은 섬 전역에서 맞아가며 일했다. 왜 이 선량한 시민들은 아무것도 하지 않았나.

몇 달 뒤 한 발달장애인 거주시설에 갔다. 볕이 잘 드는 한 방에 대여섯 명이 생활했다. 개인 수납장도 있다. 요리 실습장도 있다. 식단을 보니 한 끼 반찬이 네댓 가지다. 그곳에서 한 여자를 만났다. 나이를 짐작하기 어려웠다. "옷 갈아입을 때 다른 사람들이 봐요?" 따위를 여자에게 물었다. 그는 웃기만 했다. 내 말을 이해하는지 알 수 없었다. 자료를 보니 그는 열 살 때인 1984년에 시설로 들어왔고 30년 넘게 이곳에서 살았다. 나는 그가 이곳에서 사는 게 그에겐 좋을 거 같았다. 같이 온 인권단체 활동가에게 우스개로 말했다. "우리 집보다 깨끗하네요. 여기 좋네요." 그가 물었다. "그럼 여기서 사실래요?" '내가? 왜?' 나는 아니지만 너는 그리 살라고 말할 때, 너와 나는 같은 인간인가? 폭력은 너와 나를 다른 등급의 인간으로 구분하는 순간, 이미 일어났다. 너와 나는 다른 급의 인간이라는 그 생각에서 수심원의 잔혹극은 이미 시작됐다. 끝나지도 않았다. 에바다(1996년), 양지마을(1998년), 광주인화학교(2010년)…. 경북 청도대남병원 폐쇄병동 정신질환 입원자 102명 중 100명은 환기시설도 갖춰지지 않은 병동에서 코로나19에 감염됐다. 이곳 첫 코로나19 사망자는 20년 넘게 갇혀 있다 42킬로그램으로 숨졌다. 가해자들과 나는 다른 사람인가?

"200년 전에는 장애인은 없었다."

김도현은 《장애학의 도전》에 이렇게 썼다. '장애인'이라는 카테고리는 근대 자본주의와 함께 발명됐다. 산업혁명 뒤 땅을 떠났지만 도시 노동자로 편입되지 못한 부랑자들이 넘치던 때다. 이들을 수용해 노동자로 동원하는 구빈원이 등장한다. 구빈원에 수용된 사람들은 '일할 수 있는 몸'과 '일할 수 없는 몸'으로 구분됐다. '일할 수 없는 몸'으로 분류된 사람들이 장애인이다. 실제로 '일할 수 없는' 게 아니라 돈으로 교환되는 '노동'을 하는 데 적합하지 않은 몸으로 분류된 거다. 누가 장애인인지는 사회가 정한다. 1961년 간행된 〈한국장애아동조사보고서〉에서는 절단, 마비, 맹인, 농아뿐 아니라 혼혈아와 사생아도 장애로 꼽았다. 미국 뉴잉글랜드에 있는 마서즈비니어드 섬은 농인 비율이 타 지역에 비해 월등히 높았다. 건청인들도 상당수 수화를 했다. 수화는 구화처럼 일상적인 언어였다. 19세기까지 이곳 사람들은 '듣지 못하는 것'을 장애로 여기지 않았다.(김원영, 《희망 대신 욕망》)

미국의 역사를 장애의 관점에서 서술한 킴 닐슨의 《장애의 역사》를 보면, 유럽인들이 오기 전 북아메리카 토착민 사회에는 대체로 신체적 상태에 따른 '장애'란 개념이 없었다. 그들에게 장애를 구분하는 기준은 관계, 사회적 활동에 참여할 수 있는지 여부였다.

"장애인이라고 불리는 사람들이 하나로 묶일 만한 객관적인 기준은 사실상 존재하지 않는다." 나는 장애인

대 비장애인, 이 분류가 이상하다고 《장애학의 도전》을 읽기 전까지 한 번도 느끼지 못했다. 이른바 '정상'이라고 불리는 특정 형태의 몸 이외에 다른 몸은 모두 한 꾸러미에 담는 이 분류는 백인 대 유색인 분류만큼 이상하다. 청각장애인과 시각장애인이 부닥치는 현실은 다르다. 장애인 대 비장애인을 가르는 선은 권력이다. 백인 중심 사회에서 흑인이 노예가 되듯이 비장애인 위주로 꾸려진 사회에서 장애인은 이동할 수 없고 소통할 수 없다. "장애인이기 때문에 차별받는 것이 아니라, 차별받기 때문에 장애인이 된다."(김도현,《장애학의 도전》)

내가 살고 싶지 않은 시설에 너는 살라는 건 보호가 아니라 배제다. 시설 밖에서 사람으로 살 수 있어야 시설은 '선택'이 될 수 있다. 발달장애인 시설에서 30년 산 여자가 나와 소통하지 못한 건 그의 몸 탓인가? 소통의 책임을 양쪽이 져야 한다면, 나는 왜 나를 기준으로 그의 장애 때문에 소통할 수 없다고 생각하나? 2019년 국가인권위원회는 문재인 정부가 출범 초기에 공약한 대로 탈시설 강구책을 짜라고 권고했다. 인권위 실태조사 결과를 보면, 2017년 기준으로 장애인·정신질환자·노숙인 등 4만 4700명이 시설에서 산다. 장애인 시설 거주자

67퍼센트는 비자발적으로 입소했고, 58퍼센트는 10년 이상 시설에서 살았다. 특히 시설 거주자 가운데 78퍼센트는 발달장애인이다. 인지능력이 떨어지니 어쩔 수 없나? 북유럽 발달장애인들은 원하는 만큼 활동보조를 받으며 지역사회 속에 산다. 한국은 노르웨이가 아니라고? 예산이 없다고? '안 되면 되게 하라'는 말은 왜 돈 버는 일에만 통하나?

누군가 해준 밥을 먹고, 누군가 지은 집에 살면서 돈만 벌면 의존하지 않는 건 줄 알았다. 모두가 의존하는데 어떤 몸의 의존만 의존이라 손가락질당한다.

"자립은 '의존하지 않는 것'이 아니라 '의존할 것을 선택할 수 있는 상태'입니다. 세상이 장애인용으로 돼 있지 않으니 장애인은 의존할 수 있는 것이 무척 적습니다."(구마가야 신이치로 일본 도쿄대학 첨단과학기술연구센터 부교수 〈경향신문〉 인터뷰 재인용)

어떤 몸을 내쫓는 곳에선 모두 불안하다. 모른 척, 아닌 척해도 사실 다들 안다. 사람은 원래 취약하다는 걸 말이다. 효율성 높은 몸이 기준인 곳에서 사람은 취약함을 떠올리게 하는 타인뿐 아니라 자기 안의 약함도 없애버리려 자신을 쥐어짠다. 자신의 약함을 없애버리고 싶을수록 약한 타인이 혐오스럽다. 모든 인간이 존엄하다는 건 순 거짓말이고, 효율성 떨어지는 몸이 되는 순간 '비인간'으로 취급되는 곳에서는 약하지 않은 사람도 자신으로 살 수 없다. 나는 늙어가는 게 정말이지 두려운데 시간은 자비가 없다. 발달장애인 이상분 씨는 서울시 탈시설 정책에 따라 15년 동안 살던 시설을 나와 《나, 함께 산다》에서 이렇게 말했다.

"시설 가래, 니네는. 어떤 할아버지는 나한테. 도, 돌아다니지 말고 집에만 있으래. 그래서 화났어. 약한 사람이 살(수 있으)면 (그 사회는 누구나) 다 살 수 있는 거 아니야? 왜 없어지라고 그러지?"

그가 옳고 내가 틀렸다

우리는 20년 동안 알고 지냈다. 별로 안 친하다. 만날 때마다 그는 나한테 숙제를 줬다. 2019년 양꼬치 집에서 만났을 때 '장애와인권발바닥행동' 활동가인 그는 형제복지원대책위 사무국장도 맡고 있었다.

"형제복지원 생존자 한종선 씨랑 너랑 동갑이야."

그가 선감원 등 수용소 관련 자료 뭉텅이를 줬다. 취재해 보라고 했다. 생존자들을 인터뷰하며, 나는 그와 술 마신 걸 후회했다. 행색이 추레해서, 집이 없어서, 고아라서 끌려간 사람들에게 국가가 저지른, 고문 수준의 폭력을 듣기 싫었다. 모르면 죄책감도 없을 테니까. 그에게 물었다.

"너는 어떻게 계속 들어?"

비영리단체 장애와인권발바닥행동(이하 '발바닥')은 그를 포함한 다섯 명이 2005년에 만들었다. 이들은 '탈시설'을 전면에 내세웠다. 그는 장애인 당사자들과 함께 농성하다 팔다리 잡혀 끌려 나왔다. 지자체와 정부를 쫓아다니며 탈시설 지원 체계를 마련하라고 요구했다. 그때 나는 그의 주장이 비현실적이라고 생각했다. '그럼 어디서 살라고?'

1999년 스물여섯 살 그가 장애우권익문제연구소 활동가로 일할 때, 전화 한 통을 받았다. 특수학교 교사의 제보 전화였다. 강원도 정선 '믿음의 집'이라는 시설이 이상하다는 내용이었다.

"세 명이 작전을 짰어. 발달장애인 친구가 조카 역할을 맡고 나랑 선배가 가족 행세를 한 거야. 입소 문의를 하러 간 척했지. 원장이 자신에게 5000만 원을 주거나 생활보호대상자로 만들어 통장과 도장을 주면 평생 맡아준다고 하더라. 컨테이너 10칸에 발달장애인 40여 명이 살았어. 한 아주머니가 커다란 자루를 들고 컨테이너로 들어왔어. 포대에서 뻥튀기를 바가지로 퍼서 바닥에 뿌려. 주워 먹으라고. 마당엔 한 20대 남자가 묶여 있었어. 그 남자가 원장 아들이야. 국회의원과 언론에 제보

해 방송에 나왔지. 시설이 폐쇄됐는데 거기서 살던 사람들이 갈 곳이 없었어. 대다수 다른 시설로 갔어. 시설 밖에 나와 살 수 있다는 생각조차 못 했던 거야. 우리도."

2005년 그는 시설 실태조사에 참여했다. 결론은 자명했다. '좋은 시설은 없다.' 그리고 그는 '도망'갔다.

"그렇게 구체적으로 실태를 들은 건 처음이었어."

이제 중년인 그가 그 기억에 울먹였다.

"죄책감이…. 그 사람들은 거기 있어야 하는데 나는 돌아왔잖아. 무력감이 몰아치더라고. 아무도 만날 수가 없었어."

농부가 되겠다던 그는 결국 돌아왔다.

"광화문 횡단보도를 지나는데 전경이 휠체어를 탄 장애인들을 막고 있는 거야. 집회 참여 못 하게. 내가 따지니까 한 아주머니가 지나가다 같이 싸워주더라고."

2006년 그가 종로구청 앞에서 천막농성을 할 때였다.

"뇌병변 1급장애가 있는 김선심 언니가 전화로 다짜고짜 자기는 시설에서 더는 못 산다는 거야. 데리러 오라고. 그 언니가 조카한테 핸드폰을 하나 받았대. 그 핸드폰이 언니에겐 유일한 자유였어. 그런데 원장이 '네가 핸드폰이 왜 필요하냐'며 뺏어갔대."

그때 '탈시설'한 김선심 씨는 10년 뒤 노들장애인야학과 '발바닥'에 2000만 원을 기부하며 "한 명이라도 더 데리고 나와주세요"라고 당부했다. 2009년 석암재단 인권침해와 비리에 맞서 투쟁하던 중증장애인 여덟 명이 서울 마로니에공원에서 62일 동안 노숙 농성을 벌이며 탈시설 운동은 주목받았다. 서울시는 2013년 탈시설 추진 계획을 세웠다. 이에 따라 2020년까지 861명이 시설을 나와 독립했다. 정부는 2021년 8월 '로드맵'을 발표하겠다고 밝혔다. 계획도 아니고 계획을 만들겠다는 약속을 받아내는 데 10년 넘게 걸렸지만, 결국 그가 옳고 내가 틀렸다. 이 글에 그의 이름을 쓰지 못했다. "그냥 '발바닥'이라고 적어줘."

사람 취급 못 받아야 사람이 되나

왜 사람 취급 못 받는 상황을 인내하는 게 사람이 되는 길일까?

한국 '부랑인' 수용소들의 입소 풍경은 비슷했다. 1968년 경기도 안산 '선감학원'에 수용된 당시 열두 살 김성환 씨는 첫날 '바리캉'으로 머리를 박박 깎였다. 개인 소지품은 뺏기고 검정 고무신과 광목으로 만든 원복을 받았다. 그는 시멘트 바닥을 긁던 곡괭이 소리를 아직 기억한다. 그 곡괭이로 맞았다. 1961년 충남 서산시 인지면 모월리 갯벌에 끌려와 '서산개척단원'이 된 정영철 씨는 트럭에서 내리자마자 '인간 재생창'이라는 몽둥이로 맞았다. 1984년 여덟 살에 '형제복지원'에 끌려온 한종선 씨도 머리를 깎이고 파란색 추리닝과 검정 고무신을 받았다. '8410-3618'. 그는 이름 대신 번호로 불렸다. 설탕을 녹인 '달고나'를 좋아했던 소년이 사라지는 순간이었다. 이 전형적인 입소 방식은 사람의 개별성을 삭제하고 몸의 자율성을 박탈하는 과정이다. 착취하는 자들은 이렇게 '너는 네가 아니고, 네 몸은 네 것이 아니다'라는 메시지를 머릿속에 새겨 넣는다. 그러면 사람은 다루기 쉬운 물건이 된다. 이 세 수용소는 모두 군대식으로 운영됐다. 목욕할 수 없는데 청결검사를 하는 식으로 지킬 수 없는 규칙을 세우고 어겼다고 때렸다. '대가리' 박는 얼차려는 일상다반사다. 이 모든 폭력은 '갱생'의 명분 뒤에 가려졌다. 김성환 씨도, 정영철 씨도, 한종선 씨도 애초에 갱생해야 할 이유가 없었다. 그들은 다만 고아이거나 가난했을 뿐이다. 사회 부적응자들을 '산업역군'으로 만든다는 부랑인 정책은 정권의 치적으로 홍보됐다. '홍보거리'로 쓸 수 있었던 까닭은 이 '사회정화 사업'이 대중의 지지를 받았기 때문이다.

나는 운 좋게 중산층 가정에서 태어난 '국민'이었던 덕에 이런 극단적 폭력을 당하지 않을 수 있었다. 그런데 사람의 개별성을 지우는 학대가 정신력을 키운다는 이상한 믿음은 내가 받은 교육에도 온건한 버전이었을망정 스며 있었다. 이름도 '극기훈련'이었다. 나는 1980~1990년대에 중고등학교를 다니며 한 학기에 한 번 정도 극기훈련을 갔다. 그곳에서는 모두 똑같은 파란색 운동복을 입었다. 교관은 학생들에게 팔 벌려 뛰기를 시키며 마지막 구호는 붙이지 말라고 했다. 전교생 중 한 명만 마지막 구호를 붙여도 얼차려 횟수가 두 배로 뛰었다. 학생들 누구도 이 이해할 수 없는 규칙에 동의한 적 없다. 규칙은 교관이 정하고 우리는 따라야 했다. 다리가 후들거릴 때쯤 되면 둘 중 하나를 배운다. 자꾸 구호를 붙이는 '덜떨어진 친구'에 대한 원망이거나 내 '덜떨어짐' 때문에 동료에게 짐이 된다는 죄책감이다. 그런 교육은 내 세대에서 끝난 줄 알았다. 20대 청년 두 명에게 그들이 궁금해하지도 않는 '나 때는 말이야' 회고를 하는데 그런다. "저희도 했어요. 수련회 가서. 줄을 맞춰 서는데 몇 명이 잘 못 맞췄나 봐요. 전체가 엎드려뻗쳐를 했어요. 그때 '왜 줄을 맞춰 서야 하지?'라고 생각했던 기억이 나요."

몸의 개별성을 박탈하는 방식의 교육은 지금도 유효하다. 두발 규제는 아이들을 위한 걸까? 아이들을 쉽게 통제하려는 어른들을 위한 걸까? '네 머리카락도 네 마음대로 할 수 없다'라는 메시지를 전달하는 것 말고 두 발 규제의 효과가 무엇인지 모르겠다. '학대로 사람 만 든다'는 생각은 여전히 강력하다. 그 생각이 얼마나 강 력하냐면, 인간을 스스로 학대 속으로 들어가게 할 정도 다. 얼차려를 견디는 장면에 시청자들이 '감동'할 정도 다. 시즌 1 누적조회수가 6000만이었다는 유튜브 프로 그램 〈가짜 사나이〉를 보면 그렇다. 군복을 입고, 이름 대신 번호로 불리는 참가자들은 "나약함을 이기고" "게 으름을 극복하려고" 눈이 뒤집힐 정도(한 참가자는 정말 눈 에 흰자위만 남았다)의 얼차려를 받는다. 중간에 그만둔 참 가자들은 패배감에 눈물을 흘렸다. 이런 방식으로 만들 려는 '더 나은 인간'은 어떤 사람일까? '게으름을 극복해' 시키는 대로 다 하는 사람? '나약함을 이기고' 어떤 모욕 이라도 참아내는 사람? 어쩌면 이 땅에선 그렇게 개조 된 사람이 '더 나은 인간'이라 폭력이 훈육이라는 이름 으로 지속될 수 있는지도 모르겠다.

우아하게 살고 싶지 않은 사람은 없다

우아하다. 거리에서 구호 외칠 필요가 없다. 굳이 말하지 않아도 뜻을 관철할 수 있다. 뭐가 불편한지 먼저들 물어봐준다. 대한민국 상위 2퍼센트만 낸다는 종합부동산세, 대선에 나선 이재명 후보, 윤석열 후보 모두 깎아주겠다고 했다. 2021년 더불어민주당이 종부세 부과 기준을 공시가격 9억 원 이상에서 11억 원 이상으로 완화해줬는데 모자라는가 보다. 보수 언론들이 "세금 폭탄"이라고 대신 외쳐줬다.

이렇게 욕을 먹다가는 불로장생할 거다. 전국장애인차별철폐연대(전장연) 활동가들 말이다. 2021년 12월 6일부터 넉 달 동안 '지하철 출근길 선전전'을 벌였다. 대선주자 2차 TV 토론회가 열린 날 오후 5시, 휠체어 대여섯

대가 4호선 혜화역에서 줄줄이 지하철에 올랐다. '불법' 시위 탓에 열차가 출발하지 못하고 있다는 안내 방송이 들린다.

"대선 주자들이 장애인 권리 예산 반영하겠다고 약속하면 그만하겠습니다."

실시간 동영상으로 보고 있는데 채팅창이 욕설로 도배됐다. 그날 토론회에서 유력 대선 주자 누구도 약속하지 않았다. 전장연은 아침 8시 다시 지하철을 타고, 욕을 먹고, "장애인 단체 시위로 지하철 지연"이란 기사들이 뜬다. 이 시위를 제일 그만두고 싶은 사람들은 전장연 활동가들이었을 거다.

"왜 시민을 볼모 삼냐. 국회로 가라." 채팅창 욕설을 순화해 쓰자면 이렇다. 2001년 오이도역에서 장애인이 리프트 추락사고로 숨진 뒤 투쟁 21년째다. 국회, 안 가봤겠나? 단식, 안 해봤겠나? 전장연은 2021년 12월 20일 홍남기 기획재정부 장관 집 앞까지 찾아갔다. 지하철이라도 줄줄이 타야 기사 한 줄이라도 나온다. 장애인단체들이 천막농성하고, 철로에 드러누운 뒤에야 2005년 교통약자의 이동편의 증진법(교통약자법)이 제정됐고 지하철에 엘리베이터가 하나둘 생겼다.

약속이야 있었다. 2002년 서울시는 2004년까지 모든 지하철 역사에 엘리베이터를 설치하겠다고 약속했다. 2025년까지 시내버스를 저상버스로 운영하겠다고도 했다. 당당 멀었다. 2021년 말 교통약자법이 개정되면서 약속은 추가됐다. 지켜질지는 여전히 모른다. 개정안에서 정부가 장애인택시 등 특별 교통수단 시외운영에 예산 지원을 해야 한다던 '의무 조항'이 '할 수 있다'는 임의 조항으로 바뀌었다. 언제나 그렇듯이 돈 없다 하면 그만인 셈이다.

어떤 사람의 목소리는 죽어야 들린다. 약속이 유예되는 동안 2001년부터 2017년까지 장애인 다섯 명이 지하철 리프트 추락사로 숨졌다. 장애인 권리와 관련된 법안들은 주검 위에 제정됐다. 1995년 3월 8일 최정환 열사는 분신했다. 스물한 살에 교통사고를 당해 하반신마비가 됐다. 직장을 구할 수 없었다. '불법' 카세트 노점으로 생계를 이어가는데 단속반원에게 스피커를 빼앗겼다. 생존이 '불법'이었다. 2002년 최옥란 열사가 음독해 숨졌다. 중증 뇌성마비가 있던 그는 "이걸로 한 달 살아보라"며 당시 기초생활수급자 현금급여 28만 6000원을 보건복지부 장관에게 반납하고 죽었다.(정창조 외 지음,《유언을 만난 세계》) 2005년 경남 함안군에 살던 근무력증 중증장애인은 자기 집에서 동사했다. 한파로 보일러가 터져 물이 차오르는데 움직일 수 없었다. 이 목소리는 죽어서도 들리지 않을 뻔했다. 장애인단체 활동가들이 6시간 동안 기어서 한강대교를 건너고 활동보조 제도가 도입됐다. 그때를 회상하며 박김영희 장애인차별금지추진연대 상임대표는 웃으며 내게 말한 적이 있다.

"아이고, 우리 투쟁은 왜 이렇게 만날 처절해야 해."

"왜 이런 방식이어야 해?" 욕하는 사람들도 묻는다. 나도 궁금하다. 종부세 깎아주는 데는 발 빠르면서 이동권 보장하는 것에는 왜 이토록 더뎌야 하나? 이동할 수 있어야 학교도 다니고 직장도 잡고 사람도 사귄다. 기본 중에 기본인 권리다. 왜 요구하지 않아도 당연히 누려야 할 권리를 이토록 처절하게 싸워서 쟁취해야 하나?

2022년 3월 26일 제1 야당이자 곧 여당이 될 국민의힘 이준석 대표는 전장연 지하철 시위를 향해 "수백만 서울시민의 아침을 볼모로 잡는 부조리"라고 말했다. 장애인은 시민이 아닌가? 30분 지하철 지연시키는 게 '볼모' 잡는 거라면, 국가는 수십 년간 장애인들을 아예 '감금'하다시피 해왔다. 비장애인들이 정시에 출근할 권리를 그토록 중요하게 생각하는 그는 왜 역시 '선량한 시민'인 장애인들이 평생에 걸쳐 겪는 부조리를 해결하기 위해서 아무것도 하지 않나? 그는 "소수자 정치의 가장 큰 위험성은 성역을 만들고 그에 대한 단 하나의 이의도 제기하지 못하게 틀어막는다는 것에 있다"라고도 했다. 소수자를 비판할 수 있는 표현의 자유가 침해당했다는데, 그의 말은 10대 일간지에 모두 대문짝만하게 실리고 방송도 탔다. 전장연이 몇 개월 동안 아침마다 투쟁해도 얻을 수 없었던 발언권이다. 장애인 활동가들이 죽어서도 얻을 수 없었던 관심이다. 그의 발언 전부터 전장연은 욕받이였다. 권력을 쥔, 공적 인물인 그의 발언은 한국에서 이런 혐오 표현을 해도 양심의 가책마저 느낄 필요 없다는 신호를 줬다. 누가 누구의 입을 틀어막으려 하나?

우아하게 살고 싶지 않은 사람은 없다. 요구하지 않아도 기본권을 누릴 수 있는 '행운', 말만 해도 다들 귀기울여주는 '행운'을 물고 모두 태어나지 않았을 뿐이다.

비겁한 '사회적 합의'

'사회적 합의'는 때로 비겁하다. 약자의 고통을 끝없이 방치하는 데 쓰인다. 그 말 뒤에 숨으면 차별하면서 차별하지 않은 척할 수 있다. "다름을 존중하는 입장"이라는 오세훈 서울시장은 국정감사에서 서울퀴어문화축제조직위원회 사단법인 설립을 불허한 이유를 이렇게 설명했다. "동성애는 사회적 합의가 이뤄지지 않은 상황이기 때문에 서울시가 어느 한쪽 입장에서 판단하기는 적절치 않다." 불허하면서 이미 한편에 서놓고, 불특정 다수의 합의에 책임을 전가한다. 이준석 국민의힘 대표도 비슷한 말을 했다. 차별금지법에 대해 "공감대를 가지고 있다"며 "사회적 논의가 부족해 시기상조"라고 답했다. 더불어민주당도 마찬가지다. 자기는 아닌데 남들이 그러니 어쩔 수 없다는 우아한 차별이다. 그 사회적 논의를 하라고, 그 '시기'를 만들라고 정치인이 있는 것 아닌가? 방치도 행동이다. 차별금지법이 시기상조면 모든 국민이 법 앞에서 평등하다고 밝힌 헌법 11조도 시기상조다.

'사회적 합의'는 정체불명이다. 그게 뭔지는 각자의 마음속에만 있다. 존재에 대해 어떻게 사회적 합의를 하는지 알 수 없지만, 그렇다 치자. 그러면 수치라도 밝혀줬으면 좋겠다. 2021년 6월 10만 명의 국민동의청원으로 차별금지법 제정이 국회에 회부됐지만 이제까지 논의조차 되지 않았다. 국가인권위원회가 벌인 국민인식조사에서 응답자 수 88.5퍼센트가 '차별금지법 제정이 필요하다'고 답했다. 만장일치하는 입법 같은 건 없다. 양당은 거센 비판에도 중대재해처벌법에서 5인 이하 사업장을 뺐다. 더불어민주당은 공수처법을 강행처리 했다. 차별금지법에 '사회적 합의'가 부족하다고 말하는 정치인들도 100퍼센트 지지로 당선되지 않았다. 몇 퍼센트면 되나? 차별금지법이 처음 발의된 게 10년 전이다. '사회적 논의'를 해야 할 당사자인 거대 양당은 계속 남들 보고 '사회적 합의'를 하라고 한다. 그사이 트랜스젠더 변희수 하사, 김기홍 씨가 숨졌다. 또 다른 변희수 하사, 김기홍 씨가 죽도록 내버려두고 있다.

'사회적 합의'는 개식용 금지에도 붙는다. 이승만 정권 때부터 따지면 70년도 더 된 논란이다. 2021년 10월 문재인 대통령이 개식용 금지를 검토하라고 지시하면서 다시 불붙었다. 인간이 지배하는 세상에서 가장 약한 존재들의 권리는 '사회적 합의'로 무한 유예됐다. 1991년 동물보호법이 제정됐지만 고기이면서 고기가 아닌 개들은 불법과 합법 사이 뜬장에서 죽어간다. 어떻게 죽나? 정부는 조사하지 않으니 모른다. 모르는데 어떻게 '사회적 합의'를 할까? 한승태 작가의《고기로 태어나서》나 하재영 작가의《아무도 미워하지 않는 개의 죽음》을 보면, 고기가 되는 개들은 대체로 음식물 쓰레기를 먹고 살다 전기 쇠꼬챙이로 죽었다. 닭? 돼지는? 개라고 안 돼? 하재영 작가는 이렇게 썼다.

"우리는 인간의 평등에 대해 그런 식으로 말하지 않는다. 최악의 처지에 놓인 누군가를 기준으로 삼아 모든 사람의 권리와 복지를 빼앗는 것이 평등이라고 주장하지 않는다." 동물권 학자 피터 싱어는 이렇게 말한다. "특정 집단에 대한 태도에 숨겨져 있는 편견을 의식하기가 매우 힘들다는 점이다. 대개 우리는 강제가 개입되기 전까지는 이를 적절히 의식하지 못한다."(하재영,《아무도 미워하지 않는 개의 죽음》에서 재인용)

　성 정체성, 인종, 성별 등으로 차별하지 말자는 데 합의가 된 사회라면 애초에 차별금지법이 필요 없다. 동물의 권리를 존중하자는 데 사회적 합의가 이뤄진 사회라면 애초에 개식용 금지법이 필요 없다. 누가 누구와 합의하면 되는 걸까? 노예제를 폐지하려면 노예와 주인이 합의에 도달해야 하는 걸까? 노예 주인들끼리의 합의일까? 노예제를 폐지해야 하는 근거는 합의가 아니라 노예의 고통 아닌가? 그 법이 필요한지 물어야 할 대상이 있다면 지금 고통당하고 있는 존재들이다. 개들에게는 어떻게 묻느냐고? 개들은 예전에 합의했다.

영희 씨는 제일 못된 장애인이다

– 박김영희 장애인차별금지추진연대 상임대표

박김영희(59세) 장애인차별금지추진연대 상임대표는 웃기다. 장애인차별금지법 제정, 이동권 보장 등 투쟁 현장마다 그가 있었다. 웬만해서는 사람들이 듣지를 않는다. 한강 다리를 기어서 건너고 길바닥에 드러누워야 들어줄까 말까다. 처절하다. 그런데 그 얘기를 웃기게 한다. 자기 과시가 없고 자신과 객관적 거리를 유지할 수 있는 사람이 할 수 있는 유머다. 듣는 사람이 지루하지 않도록 배려하는 유머다. 2005년 4월 한강 다리를 기어 건넜을 때 얘기도 이런 식으로 들려준다.

> 한강대교 올라가자마자 연행될 줄 알고 옷을 얇게 입고
> 갔거든요. 유치장에서는 옷이 두꺼우면 불편해. 아 그런데
> 그날따라 방송 3사가 떠버린 거야. 그러니까 경찰이 연행을
> 안 하네. 해 떨어지니까 너무 추웠어요. 다 건너는 데 6시간
> 걸렸잖아. 화장실 가고 싶어서 혼났죠.

세 살 때 소아마비를 앓은 그는 20여 년 길에서 싸웠다. 1998년 장애여성공감을 꾸린 그의 삶이 그대로 한국 장애여성 운동사다. 회고하면서 그가 가장 많이 한 말은 이거였다.

> 오줌 참기 너무 힘들었어!

그는 여전히 어딜 가나 전동휠체어가 들어갈 수 있는 화장실부터 확인해야 한다. 인터뷰하면서 스파게티를 같이 먹었다. 그의 활동보조인이 함께 했다.

> 한 활동보조인하고 10년째 거의 같이 살고 있어요. 우
> 리 활동보조인은 장애운동을 전혀 모르는 분이었어. 시위
> 는 저 때문에 처음 가봤대요. 경찰이 쫙 둘러치고 있으니 너
> 무 무서웠대요. 지금은 경찰이 장애여성들 끌어내면 자기가

나가서 싸워. 제가 제발 연행되지 않게 조심 좀 하시라 그래요. 서로 다른 경험을 가진 사람들이니 맞춰가는 게 쉽지 않았죠. 저는 배고픈 거 잘 못 느끼는데 보조인은 배고픈 거 못 참고, 이런 작은 거로 싸우죠. 존중하는 관계는 서로 많이 얘기하고 들으며 만들어가는 거 같아요.

2007년 활동보조를 처음 받았을 땐, 하루 4시간이었어요. 잠자리에 눕혀주고 갔어요. 혼자 밤을 보내야 하는데 저는 무슨 일이 생겨도 피할 수 없잖아요. 전화기만 꼭 쥐고 있죠. 온 신경이 민감해져요. 그때 집이 반지하였어요. 비가 많이 오는 날은 무서웠어요. 2005년, 경남 함양에서 한 중증장애인이 집 수도관이 터져 자기 집에서 동사했거든요. 그 공포를 그대로 느끼는 거예요.

장애등급에 따라 활동보조 시간이 결정돼요. 장애 정도를 1~6급으로 나누는 장애등급제가 있었죠. 2019년부터는 경·중증으로 나눠요. 경계가 있다는 건 그전과 같아요. 경계에 있는 사람들은 불안하죠. 의사한테 내가 뭘 못 하는지 증명해야 해요. 나는 혼자 밥 먹을 수 없는데 의사가 할 수 있다고 하면 할 수 있는 게 돼버려요. 몸은 사회적이에요. 예산

이 줄고 활동보조 기준이 강화되면 저는 할 수 없는 게 더 많은 몸이 되죠.

2018년 죽기 직전까지 갔어요. 제가 폐 기능이 약해요. 점심 먹다 가래가 기도에 걸려 숨을 못 쉬었어요. 활동보조인이 119에 신고했죠. 인공호흡기 쓰고 중환자실에 있다 한 달 만에 퇴원했어요. 그 뒤부터 인공호흡기를 쓰고 자야 해요. 그런데 제가 예순다섯 살이 되면 24시간 활동보조를 못 받을 가능성이 커요. 예순다섯 살부터 노인장기요양보험법이 적용돼요. 활동보조가 아니라 방문요양 지원만 하루 최대 4시간 받을 수 있죠. 노인은 사회활동이 없는 사람 취급하니까요. 제 몸은 더 중증이 될 텐데요. 지금 이걸 바꾸려고 싸우고 있어요.

2018년 중환자실에서 깨어나 창밖을 봤어요. 10월이었어요. 나는 뭘 위해 다시 살게 된 걸까 생각했어요. 그해 12월 경찰서에서 조사받으러 오래요. 2017년 6월 서울 지하철 신길역에서 리프트 사고로 한 장애인이 추락해 숨졌어요. 그때 제가 지하철 점거 투쟁에 참여했거든요. 아파서 경찰서 못 간다니까 경찰 두 명이 집으로 왔어요. 내 인생이 참, 어쩌다 죽다 살아나도 여전히 조사를 받고 있나. 경찰이 "시민들 발을 묶고 폐를 끼치면서 해야 하냐" 그래요. 제가 그랬어요. "불편했던 분들한테 미안하다. 그런데 이렇게 하지 않으면 다들 모르니까, 이렇게 하지 않으면 계속 죽어야 하니까, 우리는 해야 한다."

얼굴에 침 뱉는 사람들도 있었죠. 2001년 지하철 오이도역에서 노인이 추락해 숨지고 2002년부터 장애인 이동권 보장 투쟁이 벌어졌어요. 우리가 지하철 연착 투쟁을 했어요. 휠체어 끌고 줄줄이 타니 한 역에서 30분씩 걸렸죠. 그때 인텔리로 보이는 한 남자가 우릴 보고 말했어요. "우리나라는 집단이기주의가 문제야." 제가 그랬어요. "선생님, 제발 아프지도 말고 늙지도 말고 장애인도 되지 말고 오래오래 건강하게 사세요." 그렇게 살 수 있는 사람, 있나요?

동지들이 연행당하는 날에는 마음을 감당할 수 없어요. 집 근처 다 와서 맥주 사서 혼자 마셨어요. 맥주는 집에서 5분 거리에서만 마셔요. 아이고, 오줌 마려워서 다른 데서는 안 돼요.

지치기도 하죠. 2005년부터 2008년까지 아침엔 이동권 투쟁, 오후엔 장애인차별금지법 제정 촉구 투쟁, 저녁엔 활동보조제도 투쟁을 했어요. 경찰하고 대치하다 연행돼 경찰서에서 하룻밤 자고 그러면서 살았어요. 안 할 수가 없는 이유는, 너무 약이 오르는 거야. 공무원들 만나면 한 번도 "해봅시다" 한 적이 없어요. 요즘에는 공무원 만나면 제가 처음부터 이야기해요. 제발 안 된다는 말은 빼고 하자고요.

1남 4녀 중 맏이예요. 세 살 때 소아마비를 앓았대요. 초등학교 2학년까지만 다녔어요. 그때 장애인은 으레 그랬어요. 스물다섯 살 때까지 강원도 동해 집에만 있었어요. 삼촌들이 읽던 옛날 《선데이서울》까지 닥치는 대로 읽었어요. 엄마가 동생들 보라고 할부로 세계문학전집을 들여놨는데 동생들은 안 보고 제가 다 읽었어요. 가을에 코스모스가 피면 '나는 내년에도 여기서 이걸 보고 있겠지' 그런 생각이 들었죠. 톨스토이의 《부활》을 읽고 고민했어요. 나는 어떻게 살아야 할까?

서양문학을 이해하려면 성경을 알아야 할 것 같았어요. 성경 공부를 하다 부산에 있는 장애여성공동체 '사랑의 고리'를 알게 됐죠. 편지만 주고받았는데 어느 날 그곳 언니 두 명이 동해까지 왔어요. 저를 업고 부산에 갔죠. 처음 동해 밖으로 나가본 거예요. 그곳 신부님이 그랬죠. "존재하는 모든 것에는 이유가 있다." 여기 인연이 장애우권익문제연구소 '빗장을 여는 사람들'로 이어졌고요. '빗장'에서 만난 정영란, 박순천과 함께 서울 고덕동에 반지하방을 얻어 부모님 집에서 독립했어요. 셋 다 중증장애인이죠. 1997년, 제가 서른여섯 살 때였어요.

우리를 제일 힘들게 한 건 "왜 나와 살아?" "왜 시설에 안 들어가?" 이런 질문들이었어요. "내 인생 내 맘대로 살고 싶다." 그 말 말고는 답할 말이 없었어요. 셋이 약속했어요. "오늘 내가 연락 안 하고 늦게 들어오더라도 어디 갔다 왔는지 알려고 하지 마라." 하하. "나를 관리하려고 하지 마." 이게 우리가 생각하는 독립이었어요. 셋 다 중증이라 밥 한 번 차려먹기도 힘들었죠. 밥 겨우 먹으려는데 물컵이 없어요. 물컵 가져오는 데 30분 걸려. 그 와중에 텔레마케터로 일하고 검정고시 공부도 했어요.

그 고덕동 집에 사람들이 계속 들고 났어요. 너~무 외

롭지 않았어요. 하하. 장애여성 여섯 명, 비장애여성 세 명이
여성학 세미나를 시작했어요. 장애여성들 이야기를 들으며
알게 됐죠. 여성이라 더 교육 못 받는구나. 성폭력 당해도 어
디 가서 호소할 데도 없구나. 출산하러 병원에 가면 그 몸에
애를 가졌다고 욕먹어요. 아이 둘과 장애인 남편이 있는 한
장애여성은 일상적으로 비장애인 남성들한테 이런 말을 들
었어요. "밤일 어떻게 해?"

장애여성 조직이 필요하겠다고 생각했어요. 고덕동 모
임이 1998년 장애여성공감으로 이어졌죠. 저는 실무 능력도
없고 아주 중증이잖아. 뭘 할 수 있을까 생각했는데, 전화 걸
고 얘기 듣는 거 잘하더라고요. 집 안에만 있는 장애여성들
을 불러내는 거예요. 그러다 보니 누가 어떤 상황인지 다 알
고 회원 담당 간사를 하다 대표까지 맡게 됐어요. 장애여성
공감을 알려야 하니까 여기저기 토론회 쫓아다니고 손들고
질문했어요. 전동휠체어를 타고 다녔는데 지하철 리프트가
그렇게 무서웠어요. 리프트는 수동휠체어에 맞춘 거라 손가
락 까딱 잘못 조정했다간 휠체어가 쭉 미끄러져요. 벌벌 떨
면서 다녔어. 절실했어요.

그때만 해도 장애여성 성폭력은 아예 없는 얘기 취급당하던 시절이에요. 장애여성하고 하룻밤 자면 놀음판에서 돈을 딴다는 이야기가 돌아, 시장에서 일하는 장애여성을 갑자기 차에 실어가는 일도 벌어졌어요. 우리가 처음 장애여성 성폭력 문제를 공론화했어요. 제가 한국성폭력상담소에서 상담원 교육을 받았어요. 아, 그때도 화장실을 못 가서 종일 오줌을 참았네요. 2001년 '공감'이 장애여성성폭력상담소를 전국에 열었어요.

저 어릴 때 엄마가 점을 한 번 봤는데, 역마살 있다 그랬대요. 그땐 말도 안 된다 그랬는데 맞았어요. 하하. 제가 할 수 있는 거 하다 보니 자꾸 대표를 맡게 됐어요. '장애인 이동권 쟁취를 위한 연대회의'에서 공동대표를 했어요. 사람들이 처음엔 절 대표로 잘 인정하지 않았어요. 경찰들도 그냥 예쁘장한 여자, 얼굴마담인가보다 그런 식이에요. 그래서 제가 보통 땐 수다 좋아하는데 협상 들어가면 말을 잘 안 해요. 말할 땐 악역을 맡아요. 나중에 경찰들이 저보고 "제일 못됐다"고 했어요. 하하.

2007년 장애여성공감을 떠나 민주노동당 비례대표 후

보가 됐는데 민주노동당이 갈라지면서 무산됐고요. 이후 진
보신당 부대표를 했어요. 제도를 만드는 게 필요하다고 느
껴 시작했는데 참 힘들었어요. 정치가 뭔지 몰랐거든요. 다
양한 계층이 정치 훈련할 기회를 가져야겠다는 생각을 많이
했어요.

제일 감사한 건 관계예요. 그 속에서 제가 성장했어요.
사람은 사람 속에서만 사람일 수 있는 거 같아요. '웬수' 같
아도 동지는 서로 봐주게 돼요. 좋은 사람 많이 만났어요. 제
삶을 지지해주고 함께 같은 길을 가주는 사람들 말이에요.
제가 사람을 많이 사랑하는구나, 그런 생각이 들어요. 누가
아프면 제 마음이 아파요. 공감력이 제 장점인 거 같아요. 그
걸 계속 지키려고 노력해요. 존재감이 없을 때 제일 힘들어
요. 내가 뭘 해야 할지 모를 때. 저는 닥치는 대로 열심히 하
려고 했어요. 눈이 오나 비가 오나 제 마음이 가는 곳에 갔어
요. 나를 가장 필요로 하는 곳에.

"네가 비장애인이었다면" 이런 말 많이 들어요. 그런데
제가 비장애인이었다면 무슨 역할을 했을지 잘 모르겠어요.
제 몸이 제 정체성이에요. 장애를 가진 여성의 몸이기 때문

에 지금 제가 된 거예요. 장애여성의 시선으로 세상을 보죠. 저는 계단을 못 올라가니 계단 있는 길은 저한테는 없는 거예요. 저는 산책 나가려면 30분 이상 걸려요. 그걸 너무 지겨워하면 저는 못 사는 거예요. 몸을 사랑한다, 안 사랑한다 없이 그냥 살아요. 나는 나가려면 30분 이상 걸리는 사람이다, 지금 상황은 이렇다, 그리고 나갈지 말지 결정하는 거죠.

나이 들수록 몸이 변하는 걸 매일 느껴요. 저는 뒷담화하는 노인이 되고 싶어요. 하하. 사무실 구석에서 머리 하얘진 동지들과 뒷담화하고 싶어요. '저 노인들 또 왔네' 욕해도 이면지도 걷어주고 하면서. '우리 땐 안 그랬는데 젊은것들은' 이러면서. 99

CHAPTER3

돌보는 몸

자유는 몸으로 만질 수 있다

약골이다. 고등학교 때 100미터를 24초에 달렸다. 내 발만 보고 달릴 때는 땅이 쉭쉭 지나갔다. 너무 열심히 달려서 토할 거 같았는데 결승점을 통과하니 선생님이 그런다. "왜 달려오니? 걸어오지. 20초보다 느리면 점수 다 똑같아."

점수로 연결되기에 몸의 움직임도 두말 안 나오도록 측정 가능해야 했다. 농구는 이런 식으로 배웠다. 1분 안에 골을 몇 개 넣나. 그 개수에 따라 점수를 매겼다. 드리블은 삼각형 세 변에 막대기를 세우고 그 주변을 10분 안에 몇 번 도는지로 실력을 쟀다. 농구 경기를 해본 적은 없다. 지루하고 무서웠던 체육 시간이 그래도 딱 한 번 재미있었던 적이 있다. 드리블 수업 때였다. 도수 높은 안경을 쓴 30대 남자 선생님이 시범을 보이다 대자로 엎어졌다.

몸을 부닥치고 노는 즐거움을 배울 겨를이 없었다. 초등학생 때부터 남자아이들이 운동장을 차지하고 축구할 때, 여자아이들은 흰색 분필로 선을 그린 네모 칸 안에서 피구를 했다. 그게 너무 당연해 불만을 가져본 적도 없다. 분필선 밖으로 나가면 '죽는다'. 그 선 안에서 다른 편 여자아이를 공으로 맞혀야 우리 팀이 이겼다. 왜 다른 애들을 맞혀야 하나? 얼굴에 정통으로 공을 맞고 우는 애들도 있었다. 느린 공에 살짝 맞고 빨리 '죽기'를 바랐다. 피구를 하지 않을 땐 응원 연습을 했다. 초등학교 6학년 때는 응원의 달인이 돼 선생님이 사인을 보내면 한쪽만 은박지를 댄 짝짜기로 아이들이 거대한 물결을 만들었다. 규칙을 신탁처럼 떠받들었던 모범생인 나는 춤은 '날라리'만 추는 건 줄 알았다.

여고 친구들은 종아리 근육이 불뚝 튀어나올까 걱정했다. 그때 내 앙상한 다리가 은근히 자랑스럽기도 했다. 몸이란 좋은 점수를 따기 위한 도구이거나 전시품 같은 것이었다. 오로지 내 것인 내 몸인데 내 마음껏 누리지 못했다. 지금 생각해보면 삶에서 가장 큰 재미를 그렇게 잃어버린 것 같다.

30대가 돼 여러 운동을 기웃거렸다. 체력이 바닥나서 깨도 자는 거 같고 자도 깨 있는 거 같았다. 직장에서 버티려면 체력이 받쳐줘야 했다. 가늘지만 근육이 도드라진 마돈나 팔을 갖고 싶기도 했다. 그때 사들인 장비들이 아직도 베란다에 쌓여 있다. 요가 매트, 국선도 도복, 스쿠버다이빙 오리발 한 짝…. 요가 시간에 허리를 구부려 발가락을 잡으란다. 다들 반으로 몸을 접었다. 나랑 50대로 보이는 남자만 손가락이 무릎 언저리를 맴돌았다. 그 남자와 나는 서로에게 큰 위안이 되었다. 손가락이 종아리까지 오기도 전에 흐지부지됐다. 스쿠버다이빙은 장비가 비싸서 그만뒀고, 국선도는 명상하다 보면 지난 일이 떠올라 더 화가 치밀어서 그만뒀고, 수영은 수영복 갈아입기 싫어 그만뒀다. 선배랑 방송댄스를 같이 배울 때는 다들 꿈틀꿈틀 몸이 물결치는데 우리는 손으로만 웨이브를 만들 수 있다 보니 재미가 없었다. 선배는 음악이 쿵쾅거리는 와중에도 몸 풀기 동작을 하려고 바닥에 눕기만 하면 장군같이 당당한 자세로 잠이 들곤 했다. 운동과는 결국 친해지지 못했다.

"어머니, 제가 트레이너 5년 차인데 이런 인바디는 처음 봤습니다."

내 체지방과 근육량을 점검하는 그의 표정을 보니 진짜인 거 같다. 그는 내 아들이 아니며 순전히 남인데도 걱정되는 수준인가보다.

"40대엔 근육이 저절로 사라져요. 지금 몸을 유지만 하려 해도 근육 운동 하셔야 해요. 이대로 가다가는 몸이 무너집니다."

'무너진다'고 할 때 그의 눈썹이 꿈틀거렸다. 내 '인바디' 숫자들로 추정컨대 내 몸은 피부라는 비닐봉지에 체지방이 담긴 풍선 같은 상태라고 했다. 그날 무려 10회에 50만 원이나 하는 퍼스널 트레이닝을 끊고 말았다. 마돈나 팔이고 뭐고 이제 살려면 근육이 필요하다.

나를 맡은 퍼스널 트레이너랑 참 많은 이야기를 나눴다. 스물일곱 살 청년은 성실했다. 한 회당 5만 원, 돈이 아깝긴 한데 최대한 몸을 안 움직이고 그 시간을 까먹으려고 내가 아는 대화의 기술을 총동원했다. 트레이너가 된 계기는 뭔지, 여자친구랑 사이는 어떤지, 고민은 없는지…. 푸시업 한 개를 못 하고 부침개처럼 바닥에 몸을 깐 상태에서 나는 절박하게 대화의 끈을 잡았다. 벌받을 때나 했던 기마 자세로 있지도 않은 상상의 의자에 앉았다 일어났다 하는 스쾃을 한 번이라도 덜 할 수 있다면, 어떤 대화 소재라도 상관없었다. 쉬려고 물을 엄청나게 마셨다. 리베카 솔닛이 쓴 《걷기의 인문학》을 보면 러닝머신의 원조는 교도소 재소자 징벌용으로 개발됐단다. 원조 러닝머신을 달리는 건 끔찍하게 지루한 벌이라 재소자들이 싫어했단다. 아무리 걸어도 앞으로 나가지 않고 풍경도 바뀌지 않는 러닝머신에 오르면 왜 이게 징벌용인지 알 것 같았다.

퍼스널 트레이닝 10회가 끝나고 성실한 청년 트레이너는 나에게 10회 더 하기를 권했다. 아직 근육이 늘 기미가 보이지 않는다고 했다. 근육 만드는 과정이 괴롭기도 했지만, 이제 돈이 없었다. 트레이너는 실망한 표정을 지었다. 그 표정도 성실해 보였다. 그 뒤 트레이너 얼굴을 보기가 미안해서 체육관에 못 갔다. 그러다 코로나가 왔고 나는 아직도 지방이 담긴 비닐봉지 상태로, 그 비닐봉지마저 나날이 흐물흐물해지고 있다.

트라우마를 평생 연구한 베셀 반 데어 콜크는 《몸은 기억한다》에서 함께 몸을 움직이는 연극, 체육, 음악 시간 등이 교육에서 얼마나 중요한지 침 튀기며 강조한다. 그 중요한 교육이 교과과정에서 밀려난다고 한탄한다. 자신이 누구인지에 대한 인식은 몸의 감각에 뿌리를 두고 있다. 배가 고픈지, 추운지, 더운지, 속이 메슥거리는지 자기 몸이 보내는 신호를 알아차릴 수 있어야 '나'를 감각할 수 있다. 그걸 모르는 사람도 있나? 외상후스트레스장애PTSD를 겪는 이들은 자신에 대한 감각을 잃어버리기도 한다. 그야말로 자신이 사라져버리는 것이다. 트라우마를 치료하려면 안전하다는 느낌과 감각을 회복해야 한다. 함께 노래하고 춤추고 놀며 타인의 몸과 내 몸이 리듬을 공유하고 협응하는 걸 느낄 때 안전하다는 느낌도 자란다. 베셀 반 데어 콜크가 학대로 외상후스트레스장애를 겪는 아이들에게 하는 치료 중에 하나는 공놀이다. 내가 던진 공을 네가 받아서 다시 던져주는 놀이로 아이들은 타인과 연결됐다는 느낌과 함께 안전을 확인한다. 슬프도록 사회적인 동물인 사람은 타인의 몸이 공기만큼 필요하다. '우분투Ubuntu(당신이 있어 내가 있다)', 아프리카 반투족의 격언은 이렇게 몸으로 확인할 수 있다.

자유는 추상이 아니라 몸으로 만질 수 있다. 이정연은《근육이 튼튼한 여자가 되고 싶어》에 역기를 들어 올리며 오로지 자신을 느끼고 자기 몸의 한계를 시험해보는 충만한 기쁨을 썼다. 그는 옷맵시가 안 난다는 이유로 미워했던 튼실한 허벅지를 사랑하게 됐단다. 몸과 함께 마음이 치유됐다고 책에 고백한다. 자기 몸도 마음껏 움직이지 못하는데 무슨 자유가 있겠나. 자기 몸이 수치스러운데 어떻게 마음껏 움직이겠나. 24시간 타인의 시선이라는 감옥에 자신을 가둔 수인이라 남들 보는 데서는 맘껏 출출 수가 없다. 예전에 한 워크숍에서 몸짓으로 자신을 소개하는 시간에 남들이 바닥을 구르고 두 팔을 날개처럼 휘젓는 동안 공포에 휩싸였다. 나는 이런 자유가 무섭다. 그때 나는 겨우 발 한쪽씩만 앞으로 내밀며 내 이름을 말하고 말았다. 내가 동경하는 한 선배는 챙이 큰 모자를 쓰고 흥이 오르면 춤을 춘다. 바닷가에서도, 광화문 한복판에서도 춘다. 나는 선배가 부러워 침을 질질 흘리는데 그렇게 할 수가 없다.

가끔 내가 인생을 산 게 아니라 시간이 나를 스쳐 지나가버린 것같이 느껴질 때가 있다. 주도권을 타인의 시선에 내줬기 때문인 것 같다. 타인의 시선이라기보다는 내가 생각하는 타인의 시선이라는 게 맞겠다. 다른 사람들은 사실 내가 챙 모자를 쓰고 춤을 추건 말건 관심 없을 테니까.

가장 자유롭다고 느꼈던 순간을 꼽아보라면, 한 술집이 떠오른다. 무슨 술집 이름이 '배춧가게'였다. 그곳에서 친구 네 명이 술을 마셨다. 가게 이름이 난데없어서 그런지 손님이라곤 우리밖에 없었다. 그날, 네 명 다 가게를 뛰어다니며 춤을 췄다. 주인이 음악을 쾅쾅 틀어줬던 게 기억난다. 10년도 더 된 일인데, 해방감이 생생하다. 내가 움직이고 싶은 대로 움직였던 순간들이었다. 술고래인 친구 한 명은 40대에 방송댄스에 빠졌다. 그도 춤이라곤 춰본 적이 없다. 오랜 시간 심리학 공부를 파더니 안 하던 일을 하기 시작했다.

"얼마나 재밌는 줄 아냐? 마음껏 춤출 수 있다는 건 마음의 문제도 많이 해결됐다는 뜻이야."

소파에 누운 듯 기대 과자를 까먹으며 인터넷으로 〈시켜서 한다! 오늘부터 운동뚱〉을 본다. 김민경이 헬스, 필라테스 등을 거쳐 근육이 매혹적인 척추 요정이 되는 과정을 보며 오늘도 다짐한다. '그래! 코로나만 끝나면…' 과자 부스러기가 배 위로 떨어졌다.

담을 넘으면 뭐가 보일까

내 몸은 내 부끄러운 식민지, 관리와 착취의 대상이다. 그 몸의 이야기를 들을 수 있을까? 어느 늦가을 아침, 나는 서울 돌곶이생활예술문화센터에서 20~60대 다섯 명과 함께 발가락을 잡아 뽑았다. 발과 손으로 깍지를 끼니 여기저기 비명이 나왔다. 움직임교육연구소 '변화의 월담'이 이 센터와 함께 벌인 '동네월담' 워크숍에서다. 움직임 강사 리조가 말했다. "발 관절이 몇 개나 되는지, 곡선은 어떤지 보세요. 신발 안에 갇혀 있던 발을 손 대하듯 해보세요." 내 발이 꽤 곱다.

"움직임은 중력과 관계를 맺는 거예요." 나랑 중력은 관계가 안 좋다. 무섭다. 목재 골조에 매달려보란다. 살짝 뛰어 잡아야 한다. 엉덩이를 뒤로 빼고 한참 엉거주

춤 서 있었다. 매달리니 마카롱 손바닥이 찢어질 거 같다. 중력이 알아서 척추를 바로잡아준다는데 그럴 새도 없이 바로 떨어졌다. 화단에는 열무들이 자랐다. 나는 종아리 절반 높이도 안 되는 화단 가장자리에 올라 걸었다. 또 무섭다. 다칠 일은 없다. 열무가 날 더 무서워해야 한다. 익숙하지 않으면 뭐든 겁부터 난다. 곁에 함께 발가락을 잡아당기며 울부짖었던 숙희 씨가 서 있다. 언제든 내 손을 잡아줄 수 있게 거기 있다. 그래서 걸었다. 균형을 잃을 때마다 닿는 숙희 씨의 손이 따뜻했다. "어이쿠." 모르지만 어쩐지 아는 것 같은 여자 숙희 씨랑 웃었다.

"자세를 고수할수록 균형을 잃어요. 움직임 속에서 균형을 잡는 거예요."

두려워서 한 자세를 고수하는데 고수할수록 두려웠다.

개구리처럼 뛰었다. 풀쩍풀쩍. 열 살 이후 자발적으로 해본 적 없는 동작이다. 센터 담은 내 어깨 정도까지 올라왔다. 리조가 먼저 담 위로 올라서는 법을 보여줬다.

"가상의 계단이 있다고 생각하고 이렇게."

그 계단이 나한테는 없다. 숙희 씨랑 나는 발로 벽만 찼다. 긴 다리 승희 씨는 몇 번 시도하더니 담 위에 올라섰다. 다들 "와" 했다. 그 담에 올라가면 뭐가 보일지 안다. '한솔빌라'다. 그런데 궁금하다. 그렇게 담에 올라가 보고 싶다. 새치를 휘날리며 풀쩍하는데 다시 애가 된 기분이다. 애가 돼야 신난다. 승희 씨를 붙잡고 물었다. "담 위에서 보면 달라요?" "비슷한데요, 하하."

강의 내내 리조는 자신의 몸이 어떻게 반응하는지 느껴보라고 주문했다. 그다음 주엔 동네 공원까지 네 명이 뒤로 걸었다.

"뒷면 감각을 깨워 봐요."

또 무섭다. 바로 뒷사람을 믿으며 천천히 움직일 수밖에 없다. 리조와 함께 일하는 수민 씨가 손을 잡아줬다. 따뜻해서, 울컥했다. 쨍한 하늘, 단풍, 그 아래 노인들이 앉아 있다. 할아버지 어깨 위로 은행잎이 떨어졌다.

"발이 어떻게 땅에 뿌리내리는지, 고관절, 다리, 가슴, 척추, 머리가 어떻게 매달려 있는지 느껴보세요."

의릉공원에서 서는 법을 배웠다.

"우리 몸은 원래 불안정한 구조예요. 계속 미세한 균형을 잡으며 서 있어요. 내 안으로 향하는 시선, 밖으로 향하는 시선을 같이 느껴보세요."

팔을 뻗어 다들 삼각형을 만들었다. 하늘이 들어왔다. 한 동네 할머니가 "뭐 하냐"며 구경하다 자기도 머리 위로 삼각형을 만들었다.

체조가 끝나고 리조랑 쌀국수 집에 갔다. 그가 시킨 국수가 불고 있다. 내가 방해 중이다. 자기 몸을 알면 뭐가 달라지나?

"내 몸의 감각, 어떤 반응과 신호를 보내는지 이해하다 보면 내 몸이 정신이 하라는 대로 따라야 하는 도구가 아니라 그 자체로 살아 있는 생명으로 다가와요. 자기 몸을 그렇게 이해하게 되면 타인도 그렇게 보게 돼요. 타인이 내 목적을 이루려고 만나는 도구가 아니고 그 몸도 내 몸처럼 민감하게 반응하는 사람이라고 느끼게 돼요. 무언가를 보기 시작했을 때 세상이 전혀 다르게 느껴지죠."

리조와 함께 '변화의 월담'에서 일하는 수민 씨가 강의를 마치고 떠날 때 둘은 오래 못 만날 사이처럼 껴안았다. 누군가 정성을 다해 껴안아본 게 언제였을까?

"('변화의 월담'을 함께하는 리조, 수민, 유닐) 저희는 삶을 회복하는 데 시간을 들여요. 서로 공감하고 만져주고 따뜻한 시간을 같이 보내요. 저는 수고했다는 열 마디 말보다 포옹이 훨씬 효과적이라고 생각해요. 안으면 그 사람 몸을 읽을 수 있어요. 에너지를 나누고요. 왜 사람들이 그만큼 표현하지 않는지 물어볼 수 있어요. 우리 모두 쉽지 않은 삶을 살잖아요. 굉장히 많은 위로와 안정감이 필요한데 그걸 표현하면 나약한 것처럼 여겨져요."

사실 1년 전부터 리조가 궁금했다. 지형지물을 이용해 움직이는 '파쿠르' 강좌 기사에서 강사인 그를 처음 알게 됐다. 2019년 6월 '변화의 월담'을 꾸리면서 리조는 "자아를 전시하는 방향으로 흐르는 듯해" '파쿠르'라는 말에 거리를 두고 있다.

"움직이는 걸 안 좋아하는 아이는 없어요. 그런데 한국에서는 운동이라 하면 엘리트 스포츠 중심이에요. 이게 수준이 높고 이게 잘하는 거고. 그런 평가가 어렸을 때부터 들어가요. 그게 자기에 대한 평가로 연결되죠. 몸의 경험으로 자기와 신뢰를 쌓는 시간을 얼마나 가질 수 있어요? 달리기 하면 일단 속도가 들어가요. 몇 초 뛰느냐가 중요해져요. 사람은 왜 달려요? 주변 환경을 탐색하고 싶어서예요. 호기심이죠. 뛰는 심장, 상쾌한 느낌 이런 걸 쌓을 수 있다면 달리기와 관계가 달라졌을 거예요. 환경을 탐색하고 내가 왜 탐색하는지 이유를 알고 살아 있음을 느끼고 돌아와 회복되는 일상을 가지는 게 중요해요."

'변화의 월담'은 어떤 담을 넘어 어디로 변하려는 움직임일까? 그 담을 넘으면 뭐가 있을까?

"누구나 자기 안에 담을 쌓고 있잖아요. 방어기제를 쌓죠. 동시에 감정과 감각의 억압이 생겨요. 사회적 문화적 맥락과 맞닿아 있죠. 사람, 사물과 상호작용하며 자기 안의 방어기제를 넘어 원래 자기와 연결돼보는 거예요. 그러려면 존재만으로 환영받고 환대받는 장이 필요해요. 정말 이 생명체에 엄청나게 복잡하고 심오한 원리가 있다는 걸 발견하면 누구라도 존중받을 존재가 돼요. '아 그랬구나, 그래서 그랬구나.' 그런 연민을 느낄 수 있어요. 그렇게 사람과 맞닿게 되는 거 같아요. 생존이 아니라 살맛나게 사는 삶을 위해 타인과 함께할 수 있는 일상의 가장 작은 실천을 공유하려는 거예요."

쌩쌩 땅이 지나가고, 심장이 후끈해지도록 한번 달려보고 싶다. 앞사람 등을 보면서가 아니라 옆 사람과 함께.

촉감이 필요해

친구가 결혼을 결심한 결정적 순간을 말해줬다. 연애만 거의 7년을 해 서로가 낡은 팬티 고무줄처럼 지나치게 편한 사이였다. 어느 날, 친구는 일터에서 성추행을 당했다. 직장 동료들이 너도 나도 나서줬다. 도움이 되는 조언을 해줬다. 경찰에 신고했고 가해자는 처벌받았다. 한국의 다른 성추행 피해자들에 비하면 친구의 상황은 나은 편이었지만, 이 사건은 친구에게 불안이란 상흔을 남겼다. 친구의 남자친구는 그의 이야기를 그냥 들었다. 다 듣고 나서 아무 말 없이 친구를 안아줬다. 몸이 따뜻해졌다. 안전지대에 도착한 거 같았다. 친구는 그때 느꼈다. '완벽한 신뢰.' 그런 위로는 촉감으로만 온다.

내가 가장 편안하고 안전하다고 느꼈던 건 할머니의

무릎을 베고 누웠을 때다. 초등학교 시절 여름방학 내내 외가댁에서 지냈다. 꼬질꼬질한 개들이 돌아다니는 시골 마을이었다. 가을엔 잠자리를 잔뜩 잡아 방에 가뒀다. 겨울엔 씹던 껌으로 눈사람을 만들어 창문에 붙였다. 여름엔 할머니가 커다란 달력을 뜯어 바닥에 깔았다. 그 위에 양반다리를 하고 앉아 나를 눕혔다. 이를 잡는 시간이었다. 할머니가 참빗으로 내 머리카락을 빗으면 이들이 달력 위로 떨어졌다. 그걸 나는 손톱으로 톡톡 터트리다 잠이 들었다. 할머니의 관절 굵은 손가락이 머리를 쓰다듬는 느낌, 그 손에서 느껴지던 체온. 이제 아흔다섯 살인 할머니는 뇌졸중 탓에 휠체어를 타고 나는 중년이 됐다. 그래도 그 촉감은 잊히지 않아 혼자라고 느껴지는 밤에 구원처럼 되살아난다. 사랑은 촉감으로 몸에 기억된다.

박완서의 단편 《나의 가장 나종 지니인 것》에서 화자는 아들을 잃었다. 친구들은 주인공 처지를 생각해 동창 아들 출세한 얘기 따위에는 입조심을 했다. 결혼식 같은 경사에서 주인공의 눈치를 봤다. 주인공은 그들이 부럽지 않다고, 자기 아들은 민주주의를 위해 죽었다고, 고귀한 죽음이었다고 믿으며 세월을 견딘다. 그랬던 주인공이 한 동창네 집에 간 날 무너졌다. 동창의 아들은 교통사고로 뇌와 척추를 다쳤다. 치매까지 겹쳤다. 꼼짝없이 누워 지냈다. 주인공을 이 동창네로 데려간 친구는 '죽는 게 차라리 나은 상태'인 동창의 아들을 보며 주인공이 위로 받길 기대했던 것 같다. 어머니가 아들의 몸을 돌돌 굴려줘야 그나마 욕창을 막을 수 있었다. 아들은 어머니 말고 다른 손길은 거부한다. 주인공은 동창이 부러워서 통곡한다.

"인물이나 출세나 건강이나 그런 것 말고 다만 볼 수 있고, 만질 수 있고, 느낄 수 있는 생명의 실체가 그렇게 부럽더라고요."

안전, 사랑, 생명, 연대 이런 추상적인 명사들은 살갗으로 느껴야 그 말뜻을 알 수 있다.

포유류에게 어루만짐은 지독한 본능이다. 허기처럼 채워지지 않으면 고통스럽다. 1958년 해리 할로 교수는 잔인한 실험을 한다. 젖병을 단 철사로 만든 원숭이 모형과 젖은 없지만 보슬보슬 담요로 감싼 원숭이 인형 중 아기 원숭이는 누구에게 갈까? 아기들은 담요로 감싼 원숭이에 매달렸다. 내 반려견 몽덕이는 몸의 한 부분을 내 몸에 붙이고 있기를 좋아한다. 내가 양반다리를 하고 있으면 죽자고 무릎에 앉으려 든다. 촉감만큼 누군가 지금, 함께 있다는 느낌을 구체적으로 전달할 수 있는 감각은 없다. 안거나 어루만질 때 나오는 호르몬 옥시토신은 스트레스와 고통을 줄여준다.

나이가 드는 게 슬픈 까닭 하나는 어루만져주는 손길을 느끼기 힘들어진다는 점이다. 내 인생을 말아먹은 '내면 아이'는 여전히 튀어나와 울어재끼고, 그럴 때마다 나는 흰머리 휘날리며 털 많은 원숭이 모형에라도 달려가 안기고 싶다.

할머니가 뜬 수많은 별아

할머니가 쓰러졌다. 경기도 용인 20평 빌라에서 홀로 사는 아흔네 살 할머니는 목욕하고 나오다 정신을 잃었다. 뇌졸중이었다. 반신마비가 왔다. 비누 냄새가 나던 깔끔한 할머니는 기저귀를 차게 됐다. 할머니가 누리는 공간은 의료용 침대로 좁아졌다. 언어장애로 발음이 흐물흐물해졌지만 할머니 뜻은 명확했다.

"병원에 가지 않겠다."

이른 목련이 피었다. 경기도 고양시 일산에서 용인까지 길이 막혔다. 3시간 넘도록 도로에 갇혔다. 일흔두 살 엄마는 오줌을 참느라 진을 뺐다. 요양보호사는 1시간 전 퇴근했다. 홀로 우리를 기다리던 할머니는 화가 났다. "엄마, 점심 드셔야지." 예순아홉 살 이모가 손바닥만 한 접시에 반찬 두어 가지를 담았다. 밥은 한두 숟가락만 펐다. 할머니는 밥상을 밀쳤지만 접시만 반 바퀴 돌았다. "엄마, 그럼 만두 드실래?" 분노보다 만두다. 할머니는 만두를 두 개 먹었다. "엄마, 다음에 또 만들어 올까?" 할머니가 고개를 끄덕였다. 이모가 방에서 나오며 웃었다. "엄마가 애가 된 거 같아." 내가 방으로 들어가니 틀니를 빼서 입이 홀쭉해진 할머니가 뭐라고 한다. 웅얼웅얼하는 소리지만 나는 그게 무슨 말인지 안다.

'밥 먹어라.'

할머니는 바뀌었지만, 바뀌지 않았다. 처음 취직하고 10년 동안 할머니랑 둘이 살았다. 그동안 할머니랑 나눈 대화는 거의 이 두 문장을 맴돌았다. "밥 먹어야." "배불러요." 할머니는 의지가 강하다. "밥 먹어야." "배불러요." "감자 먹어야." "배부르다니까요." "고구마 먹어야." "아이씨, 배부르다니까요." 내가 뭔가를 먹을 때까지 조삼모사를 멈추지 않았다. 하루는 할머니랑 부모님이랑 중국집에 갔는데, 나랑 부모님 사이에 날 선 말들이 오갔다. 나는 씩씩거리며 자장면을 하나도 먹지 않았다. 그 자리에 맨숭맨숭 앉아만 있던 할머니가 집으로 돌아가는 길에 말했다. "자장면 안 먹었지. 집에 가서 밥 먹어야."

할머니는 여전히 할머니였다. 내 옷장엔 할머니가 짜준 목도리가 열 개는 넘는다. 할머니는 겨울마다 떴다. 어깨가 결려 아파도 떴다. 레이스 뜨기로 별도 만들었다. 할머니가 뜬 수많은 별은 이 집 저 집 식탁 유리 밑에 깔렸고 옷장에 처박혔다. 가족이 이제 그만 뜨라고 무안을 줘도 떴다. 가만히 있지 않는 사람인 할머니는 지금도 매주 조금씩 더 움직였다. 보조변기를 쓰겠다고 고집을 부렸다. 할머니의 도전에 자식들은 위험하다고 정색했지만 소용없었다. 결국 할머니는 기저귀를 벗고 보조변기 앉기에 성공했다.

일흔두 살 요양보호사는 할머니가 좋다고 했다. 보조변기에 도전할 때, 요양보호사와 할머니가 같이 넘어진 적이 있었다. "저한테 미안하다고 하시더라고요." 이지은 등이 쓴 《새벽 세 시의 몸들에게》를 보면, 돌봄을 받는 사람은 대상이 아니라 이 관계의 한 주체다. 그래서 보건 전문가 알라나 샤이크는 '어떻게 나는 알츠하이머병에 걸릴 준비를 하고 있는가'라는 테드TED 강연에서 좀 더 관대하고 친절한 사람이 되는 연습을 미리 한다고 했다. 기억을 잃은 뒤에도 그 태도가 드러날 만큼 자기 삶 속에 깊이 뿌리박히도록 말이다.

할머니 방에서 TV 소리가 쩌렁쩌렁 울렸다. 이모, 엄마와 나는 좁은 거실에서 사과를 깎아 먹었다. 우리끼리이야기하다 웃기도 했다. 서향집으로 오후 햇살이 깊숙이 들어왔다. 정전협정에 따른 평화다. 할머니가 쓰러진직후엔 자식들이 돌아가며 간병했다. 정부 보조로는 요양보호사가 하루에 4시간밖에 머물지 못했다. 두 달이가기 전에 60대 후반~70대인 자식들이 하나둘 손 들었다. 의견은 둘로 갈렸다. 할머니 뜻에 따라 끝까지 집에서 돌봐야 한다는 쪽은 그나마 젊은 축이었다. 나머지는할머니를 위해서라도 전문 인력이 있는 요양병원으로옮겨야 한다고 했다. 코로나19 탓에 요양병원 쪽이 밀렸다. 요양보호사 근무를 하루 8시간으로 늘리고 비용은자식들이 갹출하기로 했다. 엄마는 이 '평화'가 언제까지 갈 수 있을지 묻는다. 한 달에 내야 할 요양보호사 임금만 150만 원, 비용이 걱정이다.

할머니가 쓰러지고 얼마 안 돼 처음으로 기저귀 찬 할머니를 봤을 때, 나는 화가 났다. 독실한 기독교 신자인할머니의 유일한 소망은 자기 손으로 밥해 먹다 죽는 것이었다. 할머니는 매일 기도했다. 공부하고 싶었던 할머니는 여자라 초등학교밖에 다니지 못했다. 6·25전쟁 통에 피난 가다 큰딸을 낳았다. 아이 여섯을 키웠다. 남편은 모든 사람에게 지나치게 호인이었다. 할머니는 딱 하나를 신에게 빌었지만, 할머니 뜻대로 되지 않았다. 욕창 방지 매트 위에 누운 할머니 다리가 앙상했다. 그날 나는 침대 위로 기어올라 할머니 옆에 누웠다. 할머니가 움직일 수 있는 오른팔을 휘휘 허공에서 허우적거리더니 내 어깨 위로 내려놓았다. 나는 그 품에 몸을 동그랗게 말아 넣었다. 할머니는 할머니이고 손녀는 새치가 나도 손녀다.

죽음학의 대가이자 호스피스 운동의 어머니로 불리는 의사 엘리자베스 퀴블러 로스는 "삶의 목표는 성장"이라고 했다. 그 최종 목표 지점은 "무조건적인 사랑"이다. 임사 체험 증언 2만 건을 분석한 그는 사람이 죽은 뒤 맞닥뜨리는 마지막 질문이 "얼마나 많은 사랑을 주고 또 받았는가"라고 했다. 곤경을 성장의 발판으로 삼았던 그는 마지막 역경을 겪으며 《생의 수레바퀴》를 썼다. 일흔 살에 뇌졸중 발작을 여섯 차례 겪고 24시간 간호를 받아야 했다. "나는 지금 인내와 순종을 배우고 있다. 우연은 없다."

할머니가 어떤 성장을 하고 있는지 나는 알 수 없다.

화가 난 나는 성장 따위는 하고 싶지도 않다. 아마 나는 상실을 연습하는 중일 거다. 사실 평생에 걸쳐 상실을 소화하는 법을 연마하는지도 모른다. 나는 40년 넘게 유급 중이다. 어쩌면 그 기간 중년에 몰려올 상실에 대처하도록 맷집을 길러야 했는지 모르겠다. 한 번도 부재를 상상할 수 없었던 사람들이 사라지기 시작한다. 친구는 부모님을 모두 잃었다. 친구 아버지 장례를 치르던 3월 눈이 내렸다. 친구가 말했다.

"마음이, 마음이 텅 비어버린 거 같아."

나는 상실을 받아들이는 데 성공하지 못할 거다. 할머니 품에서 여전히 아이처럼 운다.

"절대로, 절대로 내 곁을 떠나지 말아요."

누가 나를 돌볼까, 나는 누구를 돌볼까

"뭘 이런 걸 사 와. 혼자 사니 노후 걱정 많을 텐데."

동네 개들 모이는 데 오렌지를 사들고 갔더니 웰시코기 풍이 아빠가 이런다. 뭐지? 이 급작스러운 동정의 일격은? 가족이 있으면 노후 걱정 안 하나? 속이 배배 꼬였지만 웃으며 오렌지 껍질을 깠다. 풍이는 내 반려견 몽덕이 친구다. 개 때문에 참았다. 집으로 돌아오는 길에 개한테 구시렁거렸다. '그렇게 걱정되면 기부금이라도 내시든가.'

별것도 아닌 풍이 아빠 말에 오래 분기탱천했던 까닭은 그가 내 불안의 정곡을 찔렀기 때문이다. 맞다. 걱정된다. 너무 무서워서 아예 생각을 안 한다. 하루 벌어 하루 먹고사는 초단기 계약직이니 아프면 돈줄 바로 끊긴다. 누가 날 돌봐주겠나. 나는 사람으로 앓다 죽을 수 있을까? 확실한 건 나는 언젠가 반드시 아프고 죽을 거라는 사실이다.

40대 중반에 접어드니 주변에 아픈 사람이 늘어난다. 친구는 중학생 때 육상 선수였다. 40대에 들어서는 복싱을 배웠다. 크로스핏도 했다. 쿵쾅거리는 자기 심장 박동에 골이 울려야 만족한다. 살 빼려고 극기 훈련하는 게 아니다.

"재밌어. 뭔가 한계를 넘은 거 같을 때 느껴지는 흥분 상태는 말로 설명 못 해."

그랬던 친구가 지난해 여름 3차선 건널목을 다 건너지 못하고 땀을 뻘뻘 흘리며 한참 서 있었다. 신호등이 바뀔까봐 마음을 졸였다. 한 걸음 떼기가 힘들었다. 갑자기 쳐들어온 류머티즘 관절염 때문이다.

"사람들이 다 날 쳐다보는 거 같았어. 누가 곁에 있어 줬으면 했어."

친구가 앓는 류머티즘은 자가면역질환이다. 면역체계가 자기 몸을 공격하는 병이다. 이유 없는 오발탄이다. 네이선 렌츠의 《우리 몸 오류 보고서》를 보면, 우리 몸은 결함투성이 구조물이다. 목구멍은 너무 좁다. 게다가 음식물과 공기 둘 다 같은 통로로 들어온다. 2004년 미국에서 음식물에 기도가 막혀 숨진 사람이 5000여 명이란다. 비타민C는 필수 영양소다. 이게 없으면 몸에서 콜라겐을 만들지 못하고 괴혈병에 걸린다. 우리 몸은 비타민C를 못 만든다. 비타민C를 만들 수 있는 유전자는 있다. 그런데 무작위 돌연변이로 망가져 작동이 안 된다. 아홉 가지 필수아미노산 합성 능력도 잃어버렸다. 자체 생성을 못 하니 다른 생물에서 취해야 한다. 우리 몸에서는 매일 10의 11제곱 번 세포분열이 일어난다. 그때마다 세포가 DNA를 복제하는 데 수만 개 실수가 따라온다. 무작위 복제 오류 덕에 진화가 가능했지만 그 탓에 암에 걸린다. 진화는 목표 지점을 설정해 이뤄지지 않는다. 오랜 시간에 걸쳐 뒤죽박죽으로 진행된다. 렌츠는 "현생인류가 멸종 위기에서 번번이 살아남은 것은 뇌 덕분이 아니"라며 "그것은 순전히 운이었을 것"이라고 썼다.

"우리는 취약한 생물이고, 인간들은 바로 이 취약함을 공유한다."(아서 프랭크, 《아픈 몸을 살다》) 그런데 우리는 몸을 통제할 수 있다는 환상 속에 살아간다. 취약해지는 건 자기관리에 실패한 창피스러운 일이다. 모두 취약한데 안 취약한 척해야 하니 불안하다. '잘못 살아서 아픈 거다'라며 병에 도덕적 실패를 붙여 환자 개인의 탓으로 돌리는 건 불안 때문이다. 두려움을 내쫓으려 자기랑은 상관없는 이야기인 것처럼 늙고 병든 몸을 혐오한다.

갑상샘암 등을 앓은 조한진희는 《아파도 미안하지 않습니다》에서 한 TV 프로그램을 보다 화가 솟구쳤다고 썼다. 그 프로에서 암에 걸리기 쉬운 성격 유형으로 일중독자, 완벽주의자 등을 꼽아서였다.

"OECD 가입국 중 노동시간 1위, 산업재해 1위…. 이런 노동환경에서 주말에도 업무를 생각하며 완벽하게 일하고자 노력하는 것을 개인 성격 탓으로 돌릴 수 있을까?"(조한진희, 《아파도 미안하지 않습니다》)

아픈 사람들은 원래 인간이 취약한 존재임을 드러낸다. 서로에게 어떤 존재가 되어야 하는지를 상기시킨다. 통제 가능한 몸을 효율적으로 써서 독립적인 존재로 쭉 산다는 건 애초에 불가능한 일이다. 누구나 의존한다. 그래서 심장마비와 암을 앓은 아서 프랭크는 "아픈 사람들은 이미 아픔으로써 자신의 책임을 다했다"고 썼다. 그는 아픈 동안 몸의 경이를 생생하게 경험했다. 고통은 삶의 필수 불가결한 일부이며 자신은 작지만 세상에 연결된 존재라고 느낀다.

홀로 사는 친구들에게 나을 가능성이 없을 만큼 아프다면, 누군가에게 기대지 않고는 연명할 수 없다면 어떻게 하겠냐고 물었다.

"안락사가 가능한 나라로 갈 거야."

나도 그러고 싶다. 그런데 효율성이 떨어진 몸은 죽어도 되는 몸이라면 나는 애초에 인간이었을까? 생산용 기계였을까?

의사이자 간병을 연구해온 의료인류학자 아서 클라인먼은 치매에 걸린 아내를 10년 동안 돌본 경험을 《케어》에서 이야기한다. 그는 중국어와 프랑스어에 능통했던 아내의 식은땀을 닦아주고 기저귀를 갈며 자신이 더 나은 인간이 되어갔다고 썼다. 그의 어머니도 "우리 아서가 인간 됐다"고 했다. 그는 "돌봄은 인간을 생 앞에서 겸손하게 한다"고 고백한다.

"돌봄은 행동이고 실천이고 수행이다. 우리 안의 인간애를 온전하게 깨닫게 하는 실존적 행위이다. (…) 돌봄은 사회를 하나로 잇는 보이지 않는 접착제다."

클라인먼이 돌봄에서 성찰을 끌어올릴 수 있었던 까닭은 그의 주위에 조력자들이 있었기 때문이다. 치매 말기에 앞도 못 보고 인지능력도 잃은 그의 아내를 데리고 나와 햇볕을 쬐어준 이는 의사가 아니라 최저임금을 받는 아이티 출신 여성 간병 노동자였다. 클라인먼이 독박 돌봄을 10년 했다면 영혼이 끌어올려지기는커녕 산산조각 났을 거다.

왜 먹이고 입히고 씻기고 사람을 사람으로 만드는 노동은 폄하되나? 클라인먼이 "관계의 핵심"이라고 말한 돌봄은 사소한 일로 취급당한다. 사소하니 여성 몫이고 여성이 주로 하니 사소하다. 가족 안에선 딸이나 며느리, 어머니가 돌봄 독박을 쓴다. 밖에선 50대 이상 저임금 계약직 여성노동자들이 맡는다('사회서비스 산업 노동시장 분석' 연구보고서). 내가 인터뷰했던 한 요양보호사는 "요양 일은 제 살 깎는 일"이라고 했다. 인정받지 못하고 끝이 없는 고독한 노동에 자기 몸이 상한다. 이상하게도 며칠만 없으면 세상이 난리 날 노동들은 임금이 짜다.

전희경 등은 《새벽 세 시의 몸들에게》에서 책임이자 권리인 돌봄을 시민으로서 정의롭게 나눠야 한다고 제안한다. 헌신을 당연시하지 않고 서로 개별성을 알아봐주는 돌봄의 상호작용이 가능해지려면 공공의 역할을 늘리는 것만으로 충분하지 않다.

"'누가 나를 돌봐줄 것인가'라는 질문을 '나는 누구를 돌볼 것인가?'라는 질문과 연동시키지 않는다면 그러한 논의는 윤리적이지 않을뿐더러 유의미한 대안을 만들어낼 수도 없다."(《새벽 세 시의 몸들에게》, 전희경의 글에서)

류머티즘을 앓는 친구는 증세가 나아지자 교육받고 장애인 활동지원사(활동보조인)가 됐다.

"건널목에서 걷지 못해 혼자 남겨졌을 때 그게 무슨 느낌인지 알게 됐거든."

친구가 함께하게 된 장애어린이를 10년 동안 홀로 돌봐온 엄마는 친구를 처음 만난 날, 오래 울었다.

밥하는 일보다 중요한 노동은

밥하는 게 괴롭다. 나 혼자 사는데도 그렇다. 코로나 19 탓에 3주째 집에 처박혀 세끼 밥을 해 먹으려니 내 허기가 '웬수'다. 점심은 빵으로 때워야지 하고 식빵 봉지를 열었는데 푸른곰팡이가 피었다. 곰팡이를 떼어내니 빵이 5분의 1도 남지 않았다. 음식물 쓰레기통에 던져놓고 울고 싶었다. 또 뭘 먹나. 달걀이 있다. 삶아 먹고 프라이해 먹고 비벼 먹다 다시 삶아 먹다 질렸다. 배가 호통 친다. 내 몸인데 봐주는 게 없다. 밥을 물에 말아 무장아찌를 놓고 허겁지겁 먹었다. 배달음식은 쓰레기를 쏟아낸다. 양심에 찔리고 쓰레기 치우는 것도 일이다.

갈 데가 없다. 파트타임으로 일하던 곳은 휴업에 들어갔다. 마트엔 가면 안 된다. 수입이 줄었다. 돈 쓸 때가 아니다. 개가 깨워 일어난다. 매일 똑같은 추리닝을 입고 개를 데리고 산책하러 나간다. 개가 보채지 않으면 신발 신을 일도 없을 것 같다. 가을이 오니 매미들이 배를 까고 죽어 있다. 이 개는 어마어마한 발견이라는 듯 매미 사체에 대고 짖다가 발로 눌러봤다가 10여 분을 탐구한다. 오늘이 어제인지 내일인지 삶의 자극을 잃은 나는 개의 탐구생활이 끝나기를 기다리다 또 배가 고프다. 집에 오자마자 밥을 물에 말아 먹는다. 졸음이 쏟아진다. 졸고 나면 또 배가 고프다. 허기는 의욕을 먹어치우고 부실한 밥상은 무기력으로 복수한다. 밥하는 게 뭐가 힘드냐 말하는 사람은 삼시 세끼 책임져본 적 없다는 데 돈 건다.

봄에 재택근무하다 이중노동에 병날 뻔했다는 친구는 이번엔 출근하려 했으나 결국 재택근무를 하게 됐다. 애들이랑 못 놀고 학교도 못 가는 열한 살 딸이 엄마가 출근하고 나면 컵라면만 먹어댔기 때문이다.

"30분 자리를 비우면 사유를 입력해야 해. 점심시간 1시간 동안 애 먹이려면 아침에 세팅을 다 해놔야 해. 빨래 통에선 빨래가 기어 나올 지경이야. 원래 혼자 잘 놀던 앤데 요즘엔 자꾸 안아달래. 애 혼자 두면 주야장천 유튜브를 봐. 놀 사람이 없으니까."

통계청과 여성가족부가 내놓은 '2020년 여성의 삶'을 보면, 맞벌이하는 경우 여성의 가사노동 시간은 하루 3시간 7분, 남성은 54분이다. 5년 전보다 여성의 가사노동 시간은 겨우 3분 줄었다. 돈이 받쳐준다면 가사노동은 더 가난한 여자들 차지가 된다.

친구 여동생도 아이를 키우며 직장에 다니는데, 이 자매는 일흔 살 엄마를 놓고 한동안 쟁탈전을 벌였다. 두 딸의 '바깥일'은 노인의 노동 없인 흔들리지만 이 노인은 통계에서 젊은 세대가 짊어져야 할 '부양짐'으로 잡힌다. 김도현은 《장애학의 도전》에서 가치를 생산하는 활동에 대가가 주어지는 게 노동 규범인데 이제는 대가가 곧 가치가 됐다고 썼다. 그 책에 이런 연구 결과가 나온다. 2009년 영국 신경제재단 소속 연구원들이 분석해보니, 월급 1만 3000파운드를 받는 보육 노동자는 임금 1파운드당 7~9.5파운드의 사회적 가치를 만들지만 연간 소득 50만~1000만 파운드를 받는 투자 은행가는 임금 1파운드당 7파운드의 사회적 가치를 파괴했다. 외국계 기업에 다니는 한 동창이 우스개로 이렇게 말한 적이 있다.

"집에 갔더니 엄마가 나보고 나물을 무치래. 나 같은 고급 인력한테."

그 동창이 외국계 기업에서 공동체를 위해 무슨 가치를 생산하는지는 모르겠지만 나물을 무치면 여러 사람이 한 끼는 먹을 수 있다.

밥 안 먹고 '큰일'은 할 수 없으니 '큰일'은 밥에 전적으로 의존한다. 정지우 감독이 1996년 만든 단편영화 〈생강〉에서 아내는 두 아이를 키우며 밥을 하고 술상을 차린다. 노동운동을 하는 남편과 그 동지들이 받을 술상이다. 이들은 상만 받고 문을 닫는다. 아내는 문밖에서 인형 눈을 붙인다.

정리해고 칼바람이 불던 1998년 현대자동차 노조가 36일 동안 총파업을 벌인다. 그때 '구내식당 아줌마'들은 시위대 앞줄에서 냄비를 두드리며 함께 싸웠다. 시위만 한 게 아니라 천막농성 중인 시위대가 먹을 밥을 했다. 집에서도 밥을 했다. 총파업은 277명만 정리해고하기로 노사가 합의하면서 '성공적으로' 끝났다. 그 277명에는 '구내식당 아줌마' 144명 전원이 포함됐다. '아줌마'들은 이후 3년간 복직 투쟁을 벌였다. 밥 짓는 이들은 밥을 끊고 단식 투쟁도 벌였지만 정규직으로 돌아갈 수 없었다. 임인애·서은주 감독은 이들의 이야기를 3년간 좇아 다큐멘터리 〈밥·꽃·양〉에 담았다.

"밥하는 동네 아줌마"는 2017년 학교급식 노동자 파업 때 이언주 전 의원이 한 말인데, 그도 밥을 못 먹으면 힘없어서 그런 막말도 못 했을 거다. 당시 그에 대한 비판은 "(동네 아줌마와 달리) 학교급식 담당자는 기술자이며 노동자"라는 것이었는데 돌봄 노동에 시달리는 '동네 아줌마'들은 왜 노동자가 아닌가?

밥을 못 먹으면 마음도 허기진다. 위로는 언제나 촉감과 미각을 타고 왔다. 가장 편안했던 기억은 콩국수 맛이 난다. 초등학교 때 여름방학이면 할머니가 시골집에서 콩국수를 해줬다. 투명한 우무묵이 들어간 콩국수였다. 우무묵을 씹으면 입안이 시원해졌다.

밥은 위로였지만 밥 먹으며 위계를 배우기도 한다. 명절은 밥하는 사람과 밥상을 받는 사람이 평등하지 않다는 걸 확인하는 때다. 밥하기는 헌신의 허울을 쓴 모멸이 된다. 한국인은 '밥심'으로 산다면서, 밥하는 사람은 찬밥 취급을 당한다. 딸 둘인 집에서 맏딸로 유사 아들처럼 자란 나는 뭔지는 모르겠지만 하여간 밥하는 것보다 '중요한 일'을 한다고 생각했다. 엄마의 노동에 빌붙었으면서 그 노동을 은근히 무시했다. 중요하긴 뭐가 중요한가? 또 배가 고프다. 나도 사료로 끼니를 때우고 싶다.

셋째 이모, 박영애

 우리 셋째 이모 박영애(65세)는 어릴 때 춤을 췄다. 예중, 예고를 나왔는데 돈이 없어 대학 입시를 치르지 못했다. 이모는 그 이후 중고등학교 동창들을 만난 적이 없다. 스물세 살에 결혼해 아들, 딸을 낳았다. 아이들이 중학교에 들어간 뒤 쭉 돈벌이를 했다. 이모는 생활정보지를 뒤져 '디엠DM 발송 업체'에 취직했다. 중년 여성 네다섯 명이 팀을 이뤄 봉투를 접은 뒤 책, 잡지 따위를 넣고 주소지를 붙이는 작업을 했다.

 이모가 첫 출근을 한 날 싸움이 붙었다. 이모가 초짜인 탓에 속도가 떨어지자 한 직원이 "그것도 제대로 못해요?" 싫은 소리를 했다. 그러자 다른 직원이 "너는 처음부터 잘했냐?"라고 대거리했다. 이모는 좌불안석이었다. 그 사무실에서 이모는 '신의 손'들을 보았다. 50대 초반부터 최고령 78세까지 경력 10년 차 이상인 달인 여자들은 따로 팀을 꾸려 '옷게도리(당시 디엠 작업장에서 쓰던 은어)'를 했다. 발송업의 특공대쯤 된다. 대량으로 작업물을 받아 단시간에 해치우는 팀이다. "귀신이야. 손이 안 보여." 이모는 '옷게도리' 팀에는 끼지 못했다.

3년 만에 목 디스크에 걸렸다. 왼손으로 봉투를 열고 오른손으로 책을 잡아넣는 일을 반복하다 보니 상반신 오른쪽에 무리가 왔다. 이모 돈으로 석 달 치료를 받아야 했다. 그 뒤 어린이집에 취직했다. 아이들 밥을 짓는 일이었다. 아이들이 등원하자마자 먹을 아침을 차리고 오전 간식을 내면 점심이 왔고 곧바로 오후 간식까지 만들어둬야 했다. 그 사이사이 김치를 담그고 다음 날 쓸 재료를 다듬었다. 원장은 오전 근무 시간만 따져 시급을 줬다. 이모가 슬펐던 순간은 아이들 생일 때였다. 부모님들이 어린이집에 케이크를 사 보내 다들 나눠 먹었는데 이모에게는 아무도 먹어보라는 말을 하지 않았다. 그 일도 디스크가 도져 그만뒀다.

이모는 대학에 납품하는 샌드위치 만드는 곳에서도 일했다. 아침 9시부터 오후 5시까지 일하고 주급을 받았다. 임금을 떼였다. 지하철 타고 다니며 택배일도 했다. 대기하는 시간이 고역이었다. 서너 시간씩 벤치에 앉아 어디로 갈지도 모른 채 기다렸다. 이 일의 임금도 떼였다. 이모는 대학교 구내식당에서도 일했다. 컵과 수저를 닦아 정리했다. 컵을 50개씩 모아 찬장에 올리는데 "장난이 아니"었다. 허리가 끊어질 듯했다. 이모가 그만두겠다고 하니 학교 쪽에서 교수식당으로 보내주겠다고 했다. 교수식당에서는 유니폼으로 조끼도 나오고 컵과 수저 수도 적다고 했지만 이모는 디스크가 도질까봐 거절했다.

백화점에서도 일했다. 에어컨 나오지 난방 되지 천국이겠거니 했는데 아니었다. 이모는 이때가 제일 힘들었다고 했다. 하루 종일 앉지 못하는 건 참을 수 있었다. 괴로운 건 감시와 모멸감이었다. "표정이 너무 무뚝뚝해요." 친절도를 평가해 회의시간에 이모에게 면박을 줬다. 허리가 아픈 이모는 하루 종일 미소 지은 채 서 있어야 했다. 이모는 장사도 했다. 샤프나 지우개도 팔고 아동복도 팔았다. 남대문에서 도매상을 할 때는 새벽 5시부터 일했다. 이모가 이 모든 노동을 한 까닭은 물론 돈이 필요했기 때문이다. 하지만 그게 다는 아니었다.

"한 번 사는 인생 진짜 열심히 살고 싶었어."

이모가 일한 곳은 대개 5인 미만 업체였다. 근로기준법을 지키지 않아도 된다고 법으로 명시한 곳들이다. 윤석열 대통령의 말을 인용하자면 "인도도 안 하고 아프리카에서나 하는 손발 노동"으로 그는 두 아이를 어른으로 키웠다. 그의 '손발 노동'이 없었다면 이 가정은 무너졌을 거다. 밖에서 무슨 일을 하건 가사노동은 상수였다. 제사나 명절이 돌아올 때면 3일 전부터 이모는 속이 울렁거렸다. 집안일이건 바깥일이건 그의 일은 일 취급받지 못했다. 그는 노동자의 권리를 인정받지 못했고, 시집에서는 '그냥 노는 여자'였다.

빨래방 구직기

월 30만 원. 건강보험료를 보고 충격받았다. 내 들쑥날쑥한 쥐꼬리 소득으로는 보험료를 감당할 수 없다. 프리랜서로 건강보험 지역가입자다. 서울 원룸 전셋값도 안 되는 집이 경기도 북쪽 구석에 있는데 그게 문제였다. 집을 팔까? 그럼 월세는? 2년 전 아르바이트했던 업체들에서 '해촉증명서'를 일일이 떼 오면 보험료 조정을 받을 수 있단다. 여기저기 읍소해 받았다. 공단에서 건보료 월 1만 원을 줄여줬다. 60억대 부자인 김건희 씨는 자산은 따지지 않는 직장보험 가입자라 월 7만 원 건보료를 냈다는 기사를 읽었다. 대단하다. 4대 보험 가입이 가능한 일자리를 폭풍 검색했다.

찾았다. 우체국 빨래방에서 하루 4시간씩 일하면 시

급 9100원을 준단다. 공고에 나온 서식에 맞게 이력서를 쓰려는데 난감했다. '관련 경력'만 적으란다. 이력서에 이름과 주민번호, 주소밖에 없다. 자기소개서도 쓰란다. 성격의 장단점을 묻는다. 이런 질문 받을 때마다 대체 누가 진짜 단점을 쓸지, 거짓말할지 알면서 왜 묻는지 궁금하다. 장점은 근면 성실, 단점은 제일 감점이 덜 될 거 같아 '소심하다'고 적었다. 서류전형에서 탈락할 줄 알았는데 붙었다. 오랜만에 면접을 보려니 떨렸다. 30대 후반부터 50대까지 여성 다섯 명이 대기실에 앉아 있었다. 우체국 직원은 유니폼이나 숙직실 이불 따위를 빠는 일이라고 설명했다. 경쟁자들은 모두 고수로 보였다.

면접관 두 명은 친절했다. 자기소개를 해보라는데 할 말이 없어 당황했다. "가끔 글을 써요." 말하지 말걸 그랬다. "영감 떠오르면 글 쓰신다고 그만두시는 거 아니에요?" "그런 일은 절대 일어나지 않아요." 면접관들이 웃었다. "단추 달기나 바느질도 하실 수 있겠어요?" 순간 머뭇거렸지만 거짓말했다. 벼락치기로 배울 작정이었다. "할 수 있습니다." "성격의 단점은?" "많은데요." "하나만 꼽아보세요." "소심해서 자꾸 곱씹어요." "직원들과 갈등이 일어나면 어떻게 하시겠어요?" "소심하고 곱씹는 사람들은 뒷담화를 할지언정 앞에서 큰 갈등은 안 일으켜요." 면접관들이 또 웃었다. 이것은 그린라이트인가?

급습이 들어왔다. "뭐가 가장 힘드셨어요?" 사실대로 말했다간 떨어질 거 같다. 시간이 흘렀다. 면접관들은 답을 기다렸다. 나는 손톱 거스러미를 잡아 뜯었다. 기자 일 할 때 기억이 떠올랐다. 한 철거현장 취재 경험을 얘기했다. 괴로웠던 건 사실이지만 동문서답이다. 면접이 끝나고 친구한테 전화했더니 "미쳤냐"고 난리다.

"너라면 기자로 일했던 사람을 빨래방에 채용하고 싶겠냐? 제보하라고?"

왜 하필 기자 시절 기억이 떠올랐을까? 나는 내 위선을 보았다. 여기저기 빨래, 청소, 밥 짓기 등 삶에 필수적인 노동이 얼마나 중요한지 글을 썼다. 왜 사람을 살리는 노동은 홀대받아야 하는지 분기탱천하며 썼다. 진심이었다. 그런데 그 면접실에서 나는 아마 이런 말이 하고 싶었던 거 같다. '나 빨래하는 사람 아니에요.' 무시당할까봐 두려웠다. 내 무의식은 그렇게 밥상을 엎었다. 돌봄 노동은 숭고하지만 '내'가 할 수는 없다는 거다. 왜 가치 있다고 자기 입으로 침 튀기며 말한 노동을 자기는 할 수 없나? 사실 이 빨래방 일은 나한테 제격이었다. 4시간만 일하니 하루 두 번 산책해야 하는 개 키우는 데도 딱이다. 고정수입이 들어온다. 몸을 움직이는 노동은 정신건강에 좋다. 빨래에 대한 편견만 없었다면 헛소리하지 않고 합격의 기쁨을 맛봤을지도 모른다. 내 편견은 내 자유를 제한했다. 이 얘기를 올해 서른 살 되는 친구에게 했는데, 반응에 놀랐다.

"세대차이 느껴져요. 제 또래는 그런 편견 별로 없는 거 같아요. 그런 일 구하기 힘든 거 알거든요. 빨래방 5대 1이잖아요."

현타가 왔다. 빨래방, 떨어졌다.

걸으며 발의 감각을 느껴봤나요?

- 문요한 정신의학과 전문의

"영혼은 몸속에 스며들어 있죠."

오래 머리로만 살아왔다는 문요한 정신과 전문의는
《이제 몸을 챙깁니다》를 썼다. 심리훈련 전문기관 '정신경
영아카데미' 대표였고 《굿바이, 게으름》 등을 쓴 그는 몸을
뇌의 통제를 받는 부속기관 정도로 여겨왔다고 했다. 그런
데 왜 몸일까?

"지금 여기를 살려면 몸의 감각에 따뜻한 주의를 기울
여야 해요. 감각이 깨어나면 경험이 깊어져요. 우리에게 부
족한 건 경험의 양이 아니라 깊이죠. 몸 챙김이 마음 챙김이

203

고 삶 챙김입니다."

2013년, 내담자가 화난 표정으로 물었어요. "지금 제 얘기 듣고 있어요?" 충격받았죠. 상담가로서 치명적 실수였죠. 돌아보면 당시에 정신적 소진 상태였어요. 비상상황을 위해 남겨둬야 할 에너지까지 바닥난 상태였죠. 몸도 힘들다는 신호를 보내왔는데 무시했어요. 남들도 다 이 정도는 피곤하다고. 소진이 되니까 일시적 휴식으로는 회복이 안 되더라고요.

결국 병원을 정리하고 여행을 다녔어요. 네팔 안나푸르나 트레킹을 가서 또 충격을 받았어요. 고산병을 예방하려면 천천히 걸어야 하는데 그게 안 되더라고요. 몸과 머리가 끊어져 있었던 거죠. 이후 발바닥과 땅이 만나는 감각에 주의를 기울였어요. 3주 정도 지나니 천천히 걷고 싶을 때 천천히 걷고, 빨리 걷고 싶을 때 빨리 걸을 수 있게 됐어요. 몸과 머리가 다시 연결된 거죠. 뇌를 기능적으로 감각·감정·생각으로 나눈다면 현대인은 생각의 뇌, 즉 전두엽만 과잉 활성화됐어요. 과도한 인지 자극과 활동 부족으로 생각이 너무 많아요. 생각과 감정은 우리를 과거와 미래로 끌고 가죠. 현재에 머무르는 건 오직 감각이에요. 감각의 뇌를 깨우는 게 바로 '보디풀니스Bodyfulness·몸 챙김'입니다. 주의를 몸으로 돌려 감각을 느끼면 뇌의 섬엽이 활성화돼요. 섬엽은 몸과 머리, 즉 신체적 자아와 정신적 자아를 통합하는 곳이죠.

Q 왜 몸의 감각을 느끼지 못하는 걸까요?

기본적으로 문명이 몸의 억압으로 이뤄져왔죠. 이성은 우월하고 몸은 열등한 것으로 보는 문화가 오래 이어지기도 했고요. 태내에서부터 과도한 인지교육을 하고 활동도 부족하니 몸의 감각이 더 퇴화돼요. 특히 과잉경쟁으로 우리 스스로 몸을 더 착취하도록 내몰리고 있어요. 개인적 이유도 있죠. 트라우마가 있는 사람들은 힘든 감정을 안 느끼려고 몸의 감각을 억압하거든요. 몸에 열등감이 있는 사람들도 몸을 느끼지 않으려고 해요.

신체심리학에서 몸을 두 가지로 구분해요. 보디Body와 소마Soma로요. 보디는 남에게 비춰지는 몸, 생각하는 몸을 말해요. 소마는 내가 느끼는 몸이에요. 우리가 '몸을 만든다'고 할 때 그 몸이 무엇이냐는 거죠. '몸 만들기'는 몸이 주체가 되지 못하고 '내가 이런 모습이어야 한다'는 어떤 이미지나 생각에 몸을 맞춰가는 거라 봐요. 몸이 자기과시 수단이나 자기혐오 대상으로 전락한 거죠.

자기를 사랑하는 건 어려운 일이죠. 사랑해야지 결심한다고 사랑이 생겨나는 건 아니니까요. 몸을 사랑할 수는 없어도 존중할 수는 있어요. 존중은 기본적으로 약자와 다름에 대한 인간적인 태도를 말해요. 내 몸이 예쁘고 힘이 세고 완전해서가 아니라 부족하고 약하고 병들어가는 존재라서 존중하는 거예요. 존중하면 관심을 기울이게 돼요. 몸의 신호에 귀 기울이게 되죠. 몸과 관계가 좋아져요. 제가 10년 동안 역류성 식도염을 앓았어요. 신물이 넘어오고 아프다고 하소연하는데 외면했죠. 몸의 감각이 깨어나자 식습관이 달라지더라고요. 어떤 음식이 나를 편안하게 하는지 자각하면서 자연스럽게 채식을 주로 하게 됐어요. 뜻대로 되지 않는 인생에서 우리가 가장 배워야 할 건 자기친절이에요. 그 친절은 몸에서 시작해야 해요. 몸 존중은 내 몸을 한 인격체로, 친구처럼 대하자는 거예요. 저는 '내가 아플 때조차 내 몸에 친절할 수 있기를' 이런 구절을 자주 읊조려요.

Q 책을 보면 몸과 마음이 연결돼 있는 것 같아요.

에머런 메이어 박사는 《더 커넥션》에서 신체감각과 정서지능의 상관관계를 연구한 실험을 이야기해요. 자기 심장 박동 리듬을 잘 느끼는 사람일수록 자기감정 상태도 잘 파악했죠. 불안해지면 호흡도 빨라져요. 몸과 마음은 깊이 연결돼 있습니다. 불안할 때 역으로 2분간 바른 자세를 취해주기만 해도 마음이 안정됩니다. 안티스트레스호르몬이 분비

돼요. 감정을 잘 조절하려면 몸의 감각에 주의를 기울이는
게 좋아요. 감각을 잘 느끼면 '비판단적 주의(생각이나 판단 없
이 알아차리는 것)'가 길러져요. 순간을 알아차리는 힘이 커져
요. 내 감정과 생각을 알아차리는 힘도 커지죠. 똑같은 경험
을 하더라도 깊이 할 수 있는 힘이 생겨요.

Q 늙어가는 몸을 존중하기 힘들어요.

2019년 아버지가 돌아가셨어요. 대소변을 못 가리시니
아버지가 너무 수치스러워하시더라고요. 그 심정이 이해됐
어요. '우리 사회에 늙고 병들어갈 권리가 있을까?' 늙고 죽
어가는 걸 수치스러워하도록 조장하잖아요. 효율성을 중시
하는 사회일수록 심해요. 호스피스병원에서도 수치심 때문
에 아버지는 자원봉사자들의 도움을 거부하셨는데, 시간이
지나자 그분들을 정말 좋아하시더라고요. 정성껏 마사지해
주시고 몸을 씻겨주시니까 아이처럼 기뻐하셨어요. 몸은 몸
을 원하거든요. 어릴 때 사랑을 촉각으로 느끼듯이요. 이분
들이 아버지 몸을 잘 돌봐주시니까 아버지가 더는 수치를

느끼지 않으셨어요. 늙고 병들고 죽어가는 걸 자연스러운 과정으로 받아들이고 적절한 돌봄을 받을 수 있는 사회가 된다면 우리는 몸을 존중할 수 있어요.

Q 일상에서 자기 몸을 느끼기 쉽지 않은데요.

잠깐씩 몸의 감각에 주의를 기울이는 거예요. 호흡을 느껴보는 게 기본이죠. 1분간 숨을 몇 번 쉬는지 헤아려보세요. 어디서 호흡이 잘 느껴지는지 코끝인지 쇄골인지 주시점을 찾아서 느껴보는 거죠. 헤아리는 것만으로도 호흡이 느려져요. 그리고 몸의 긴장을 알아차리고 이완해주는 게 필요해요. 어깨와 귀의 거리를 느껴보는 거예요. 또 식사 때 몸을 느껴보세요. 배고픔 정도를 10단계로 나눠 배가 고플 때 먹고 부를 때 그만두고요.

걸을 때도 100보 정도는 땅에 발이 닿는 느낌에 주의를 기울여보는 거예요. 자기 전에 발끝부터 머리끝까지 몸의 감각을 훑어가며 '보디 스캔'을 해볼 수 있죠. 어느 부위가 바닥에 닿아 있는지 떠 있는지 알아차려보세요. 몸과 이

야기를 나눠보세요. 몸의 개별성을 존중하는 게 가장 중요

해요. 내 몸은 평생 함께 갈 단 하나뿐인 친구죠.

CHAPTER4

당신은 혼자가 아니라는 인기척

고독이 고립이 되기 전에

"엄마, 왜 이렇게 통화가 안 돼?" "나 바쁘다." "아빠는 뭐 하셔?" "몰라."

엄마(72세)는 외롭지 않다. 코로나19 탓에 신발 한 번 안 신고 일주일을 보냈지만 답답하지 않단다. 가수 양준일 때문이다. 엄마는 양준일의 신곡 〈로킹 롤 어게인〉 유튜브 동영상을 50개 묶음으로 틀어놓고 잠든다. 조회수를 올려주려는 거다. 아침에 일어나면 구독 중인 유튜브 채널 알람을 체크한다. 양준일 팬들 채널에 도움이 될까 일일이 댓글을 단다. 양준일을 팔로우하려고 인스타그램 계정도 팠다.

"전화 끊어. 나 투표해야 해."

양준일이 광고 따는 데 도움이 될까 싶어 엄마는 각종

사이트에서 벌이는 인기투표는 다 한다. 사이트에서 투표하는 데 필요한 '별'을 무료로 쏠 때를 기다린다. "지금이야." 그 적정 시기를 알려주는 건 엄마의 단체 대화방친구 애자 씨다. 양준일 때문에 단체 대화방에 모인 또래 세 사람은 원래 잘 모르는 사이다. 만난 적도 없다.

"매일 이 친구들하고 1시간은 카톡할걸. 양준일 이야기를 하면 끝이 없지. 애자는 요즘에 덕질이 더 심해졌어. 코로나 때문에 손주도 못 보러 가니까. 이번에 양준일 담요 샀다고 자랑하더라(엄마도 담요를 사고 싶다는 분위기다). 나한테 반복 '스밍(스트리밍)' 안 한다고 난리야(반복 '스밍'하는 법을 알려달라는 분위기다)."

애자 씨 냉동실엔 양준일이 광고한 피자가 쌓여 있다. 엄마도 세 판 샀다. 브로마이드 받으려고 샴푸 세트도 샀다.

"양준일은 집을 못 샀는데, 코로나로 콘서트까지 다 취소돼서 어쩐다니."

"엄마, 딸이나 걱정하세요. 코로나 때문에 나도 손가락 빨고 있잖아!"

사실 그 가수가 나보다 엄마에게 더 큰 기쁨을 준다. 대개 다들 나보다 엄마에게 더 큰 기쁨을 주지만.

"요즘에 양준일이 없었다면 어쩔 뻔했니. 노인이 돌아다니면 더 욕먹을 거 같아서 지하철 타기도 눈치 보여. 우울증 걸렸을 거 같아. 덕질 하면 하루가 어떻게 가는지 몰라. 인스타그램도 하고 내 세상이 얼마나 넓어졌는데."

엄마에게 양준일이 왜 그렇게 좋냐고 물었다 후회했다. "그 사람은 철학자야." 엄마는 목소리까지 바꿔가며 달달 왼 양준일 어록을 읊었다. 전화기를 든 내 손에 땀이 찰 때까지.

40년 동안 고립을 연마해온 나 같은 기술자도 며칠 인간에게 말을 못 하니 개한테 인생 고민을 다 털어놓는다. 대화는 음파탐지기 같다. 그 소리가 상대에게 부닥쳐 나는 반향으로 내 위치를 짐작할 수 있다. 그 반응이 없을 때는 달콤한 고독은 공포스러운 고립이 된다.

혼자 사는 '집콕'의 대가 안지연 씨(35세)는 '사회적 거리 두기' 선행 학습을 마쳤다고 자부했지만, 몇 달째 필수 대화량을 채우지 못하자 자신이 이상해지고 있다고 느꼈다.

"우울해지더라고요. 대화 내용이 중요한 게 아니라 말을 주고받는 행위 자체가 소중한 거였어요. 시시한 일상 이야기를 나누면서 내가 사회적 존재임을 느껴왔던 거예요."

요즘 지연 씨가 고립으로 가라앉지 않도록 받쳐주는 건 온라인게임 〈바람의 나라〉 문파 사람들이다. 모르는 사이다. 지연 씨는 이를 "느슨한 연대"라고 한다.

"그냥 우연히 매일 게임을 같이 하는 사이예요. 기대도 위계도 없어요. 편안해요. 게임하다 가볍게 서로 응원해주는 정도의 느슨한 연대 덕분에 코로나를 겪는 제가 한 사람, 사회적 존재라는 감각을 유지할 수 있는 거 같아요."

내 말에 반응하는 상대가 없다면 내 존재도 흐릿해진다. 반응이 공감이면 금상첨화겠지만 지금 같은 대화 춘궁기에는 동문서답이라도 그립다. 오가는 물리적 자극이 절실하다. 연결을 향한 열망은 허기처럼 물리적인 필요다. 개모임이 없었다면, 나는 코로나가 아니라 외로움 탓에 앓았을 거 같다. 모임이 따로 있는 건 아니다. 그냥 비슷한 시간에 산책하는 사람들이 오다가다 만나는 식이다. 서로 개 이름으로 부르는 아는 얼굴들이다. 실명도 직업도 모른다. 개 이야기만 한다.

개들은 항상 문제가 있기 마련이니 소소한 이야깃거

리를 고민할 필요가 없다. "요즘 개가 똥을 먹어요." "우리 개는 아토피예요." 개들끼리 노는 걸 멍하게 쳐다보고 각자 갈 길 간다. 내 개가 '앉아'를 잘한다고 자랑할 것도 없고 다른 개가 더 잘 뛴다고 부러울 일도 없다. 시추는 시추고 잡종은 잡종이고 진돗개는 진돗개니까.

"흰둥이 소식 들었어요?" 요즘 개모임의 핫이슈는 유기견 진돗개 흰둥이다. '작닥이'라는 잡종개를 키우는 20대 청년이 고속도로 휴게소에서 발견했다. 이 청년은 유기견을 끄는 마력이 있다. (이렇게 말하긴 뭐하지만, 사실 볼품없는) 작닥이도 청년이 쓰레기 분리배출을 하다 발견했다. 태어난 지 한두 달 됐던 작닥이는 종이상자에 담겨 떨고 있었다. 1년 뒤 새벽 1시께 고속도로 휴게소에 빨간 차 한 대가 서더니 태어난 지 넉 달 정도 돼 보이는 흰둥이를 내버리고 냅다 꽁무니를 빼버렸다. 이 모습을 하필 목격하고 만 청년은 흰둥이도 데려왔다. 청년은 투룸 빌라에 혼자 살았는데 방을 빼야 할 처지였다. 여기저기 흰둥이 입양처를 알아보다 실패한 그는 흰둥이를 보호소에 맡겼다. 보호소에서 2주간 입양 갈 집을 알아봐주기로 했다. 청년은 흰둥이 소식을 매일 알려달라 신신당부했다.

"개를 두고 오는데 마음이 찢어질 거 같았어요."

"흰둥이가 (캐나다) 밴쿠버로 가게 됐대." 다들 안심했다. 그리고 며칠 뒤 오다가다 만난 개모임 사람이 새 소식을 전했다. "코로나 때문에 밴쿠버에 못 가게 됐대." 다들 안타까워했다. 때가 꼬질꼬질한 분홍색 옷을 입고 입양 행사에 나간 흰둥이는 그 누구에게도 낙점받지 못했다. 2주가 지나도록 가족을 찾지 못한 흰둥이가 안락사 될 거란 얘길 듣고 청년은 결국 흰둥이를 맡았다. 좀 더 넓은 집으로 이사했다.

오다가다 만난 흰둥이는 그새 뒷다리에 근육이 붙고 귀가 섰다. 발랄했다. 흰둥이에겐 '느슨한 연대'의 흔적이 여기저기 남아 있었다. 흰둥이가 입고 있는 겨자색 옷, 메고 있는 하네스(반려동물의 어깨와 가슴에 착용하는 줄), 먹고 있는 수제 간식은 개모임 사람들이 주섬주섬 챙겨준 것들이었다. 내가 "흰둥아" 하고 다가가니 개가 쓰다듬어달라며 배를 깠다.

전화 한 통보다 절망이 쉽다

나는 오래 살지 못하겠구나. 마르타 자라스카의 《건강하게 나이 든다는 것》을 보다 생각했다. 이 책에 따르면, 건강을 지키는 데 가장 중요한 건 관계다. 가족, 친구, 이웃의 튼튼한 지원망이 있으면 사망 위험도가 45퍼센트 줄어든다고 한다. 하루에 채소와 과일을 6인분씩 먹어봤자 사망 위험도는 26퍼센트밖에 안 줄어드는데 헌신적인 애정을 바탕으로 한 결혼 관계는 49퍼센트나 낮춘다. 미국에서 벌인 한 연구 결과, 친구나 친척이 별로 없고 결혼하지 않은데다 지역사회 단체에 소속되지 않을 경우 7년 동안 사망할 가능성이 그렇지 않은 경우보다 3배나 컸단다. 저자가 학술논문 600편 이상을 읽고 과학자 50여 명을 만나 정리한 결과다. 이건 무슨 저주인가. 강제 독거 무언 수행 중인 나는 분명 득도하기 전에 죽을 거다. 남편도 없고, 애도 없고, 친구도 거의 없는 나는 그렇게 가뿐하게 갈 운명인가보다.

슬프게도, 인간은 사회성을 강화하는 방향으로 진화했다. 사람과 어울리지 못하면 마음만 외로운 게 아니라 몸도 아프다. 이게 다 스트레스 반응 탓이다. 생존에 필요한 반응이었는데, 현대사회에선 되레 삶을 갉아먹는다. 위협을 느끼면 편도체에 불이 들어오고 일련의 호르몬 연쇄작용이 벌어진다. 뇌 시상하부가 부신피질자극 호르몬 한 사발을 토해낸다. 부신은 알도스테론과 코르티솔을 뿜는다.

'코르티솔'. 이름부터 불길하다. 코르티솔 수치가 계속 높으면 뇌 시상하부가 오그라든단다. 이 스트레스 상황이 계속되면 염증에 관여하는 유전자 버튼이 켜지고 항바이러스 관련 유전자 스위치는 꺼진다. 바이러스에 취약해지고 염증이 잘 나는 상태가 된다.

옥시토신, 세로토닌, 바소프레신 등 이른바 '사회성 호르몬'은 반대작용을 한다. 잔뜩 곤두선 몸이 이완한다. 옥시토신은 염증, 통증을 줄여준다. 이 '사회성 호르몬'들은 서로 눈을 마주치고, 껴안고, 춤추고, 노래할 때 나온다. 세로토닌 등은 장내 세균도 내보내는데, 이 세균들의 품질도 관계가 나아질수록 좋아진다. 무리에서 떨어져 혼자 남는 건 인간에게 생존을 위협하는 만성 스트레스 상황이다.

고독감은 실제로 고통이다. 이 책에 나온 5000명 이상이 참가한 한 가상 온라인게임 실험 결과만 봐도 그렇다. 시험 참가자는 보이지 않는 가상의 상대 두 명과 온라인 공놀이를 한다. 한 그룹에서는 가상 상대가 시험 참가자와 공을 주고받아준다. 다른 그룹에서는 시험 참가자만 쏙 빼고 가상의 두 명끼리만 공을 주고받는다. 시험 참가자들의 뇌를 봤더니, 공놀이에서 따돌림당한 부류의 뇌 한 부분이 활성화됐다. 배를 강타당하는 것처럼 몸에 고통을 느꼈을 때 켜지는 부분이었다.

왜 이렇게 불공평한가. 돈 있는 사람이 돈을 더 쉽게 벌고, 사랑받아본 사람이 더 잘 사랑한다. 고독감은 관계를 악화할 확률이 높다. 책에 소개된 한 연구를 보면, 고독감을 느끼는 사람은 부정적 신호에 더 민감하다. 시험 참가자들은 각각 20초짜리 동영상 여덟 편을 봤다. 네 편은 두 사람이 대화하는 우호적인 상황, 네 편은 등돌리고 다투는 듯한 부정적인 상황이었다. 시험 참가자

들의 안구가 어떻게 움직이는지 봤더니 고독감이 높을
수록 부정적인 동영상에 더 주목했다. 사람은 홀로일 때
생존을 위해 경계수위를 높일 수밖에 없다. 그렇게 고독
한 사람은 더 고독해진다.

공원에서 개를 조용히 시키라고 한마디 한 남자에게
흰자위를 드러내며 으르렁댄 나는 과잉 경계 상태였던
걸까? 친구가 카톡을 '읽씹' 하면 종일 마음속에서 뭉근
한 화가 끓어오르는 건 내 고독감 때문일까? 상대의 사
소한 행동에도 날 무시하느냐며 (그나마 다행히) 상상 속
에서 멱살을 들었다 놨다 하는 것도? 100퍼센트는 아닐
지라도 상당히 그런 거 같다. 이 악순환의 무한 사이클
을 바꿀 자신이 나는 없다.

마흔이 다 돼서야 내가 비슷한 패턴으로 관계 맺고 있
다는 걸 발견했다. 같은 실수를 계속한다. 어린 시절 자
리 잡은 애착관계는 무슨 붕어빵틀처럼 이후 관계도 같
은 유형으로 찍어내나 보다. 진심으로 바꾸려고 하기 전
까지. 그건 마치 뇌를 다시 조립하는 것처럼 더럽게 어
려운 일이다. 억울하다.

그래도 다행히 관계의 황무지를 40년째 작대기 하나
들고 헤매는 나에게도 동방의 현인 같은 친구가 한 명

있다. 그 현자에게 이 욕 나오는 불공정한 게임에 대한 울분을 토했다. 나는 아무래도 자신 없다고. 이렇게 살다 그냥 일찍 죽을 거라고. 만났다면 분명 머리 뒤 후광이 반짝였을 친구가 그랬다. "며칠 전에 편지 한 통이 도착했어. 희망을 뜻하는 노란색 편지지였어. 내가 나한테 10년 전에 쓰고 회사 타임캡슐에 넣어뒀던 걸 회사 동료가 보내준 거야. 그 편지를 보고 많이 울었어. 나를 믿는다고 쓰여 있더라. 내가 나한테 해준 말도 큰 힘이 되더라. 너도 그렇게 해봐. 남이 나한테 안 해주면 내가 나한테 해줄 수 있잖아." 나도 5년 뒤의 나에게 편지를 쓰고 친구에게 묻어두겠다고 약속했다. 2주가 지났는데 아직 한 자도 못 썼다.

사실, 《건강하게 나이 든다는 것》이 관계 빈곤자들을 향한 저주는 아니다. 거창한 행동일 필요는 없다. 동네 가게에서 물건 사며 친절하게 한마디 더하기, 자신이 관심 가지는 주제로 자원봉사나 기부하기도 마음과 몸을 가꾸는 데 도움이 된다. 조금 더 평등하게, 조금 더 공감할수록, 조금 더 이웃과 함께하려 노력할수록, 조금 더 지금 삶에 성실할수록 더 건강해진다는 증거를 수두룩 보여준다. 그래야 오래 살고 싶은 세상이 되기도 한다.

내가 이 책을 저주로 읽고 싶었던 까닭은 운명 탓을 해야 내 책임에서 벗어날 수 있어서다. '나는 바뀔 수 없을 거야'라는 익숙한 절망이 전화 한 통보다 하기 쉬우니까.

　"사회성을 가져라. 다른 사람들을 돌봐라. 인생을 즐겨라." 나한테는 너무 어려운 일이다. 그래도 이 책은 내게 희망을 하나 줬다. 사랑하는 사람의 눈을 바라보면 솟아난다는, 스트레스를 날려준다는 그 호르몬, 옥시토신은 반려견의 눈을 바라봐도 나온단다. "내 옥시토신 털뭉치." 개를 보니, 개가 내 장갑을 물어뜯어 구멍을 내고 있다.

더럽게 외로운 나를 구한 '개 공동체'

휴대전화를 잃어버렸다. 주민등록증, 운전면허증과 카드 두 개까지 사라졌다. 슈퍼마켓에 갔다 왔더니 모두 없다. 내가 나한테 전화할 수 없으니 황당하다. 집에 전화기가 없다. 동네에서 공중전화를 본 적이 없다. 혼자 사니 부탁할 사람이 없다. 25년 된 아파트로 이사 온 지 2년이 넘었지만 옆집 사람 얼굴을 본 적이 없다. 졸지에 이 세상에 내 존재도 없는 것 같았다. 슈퍼마켓까지 두 번 왕복하고 온 집을 뒤집어엎은 뒤 종량제 봉지 앞에 널브러져 앉아 있었다. 개 몽덕이가 내 발가락을 핥았다.

일단 나에게 전화를 걸어야 한다. 누군가 받을지도 모른다. 컴퓨터에 카카오톡을 다운받아 친구들에게 부탁해보려 했다. 거의 다 됐는데 마지막 관문이 남았다. 나라는 걸 인증하란다. 휴대전화로. 통신사 사이트에 들어가 분실 신고하고 위치추적을 하려 했다. 회원가입 하란다. 나라는 걸 인증하란다. 휴대전화로. 인증받지 못한 나는 정신이 혼미했다. 누군가 카드를 긁고 있을지 모른다. 통장에 얼마 없는 건 이럴 땐 다행이다. "어떻게 하지, 몽덕아?" 개가 고개를 갸웃했다. 집을 다 뒤지니 현금 5000원이 나왔다.

옆집 문을 두드릴 생각은 못 했다. 아는 얼굴이 간절했다. 아! 경비아저씨. 경비실에 달려갔다. 빈 의자만 덩그러니 놓여 있다. 아! 편의점 주인아줌마. 매일 아침 여기서 캔 커피를 사며 안면 튼 이 동네 유일한 지인이다. 저녁 7시, 야간 알바생이 컵라면을 정리하고 있다. "청년" 입만 달싹거리다 나왔다. 그 말고 부탁할 사람이 없다는 게 창피했던 거 같다. 관리사무소에 갔더니 문이 잠겼다. 더럽게 외로웠다. 촉감이 만져지고 무게가 느껴지는 외로움이었다.

멀리 사는 사람들은 도움이 안 됐다. 연락할 방법이 없다. 지금, 여기, 당장 손잡아줄 사람이 필요했다. 개 몽덕이가 '이 여자, 왜 이리 서성이나'라는 표정으로 날 쳐다봤다. 맞다, 개! 이 동네엔 나는 몰라도 몽덕이를 아는 사람들은 있다. 웰시코기 팡이, 사랑이 지극한 보호자가 쐬주는 선풍기 바람을 맞으며 산책을 즐기는 여왕이다. 언제나 행복한 비숑 뭉치, 벤치에 앉아 있는 걸 좋아하는 뽀미…. 일단 개에게 목줄을 채웠다. 몽덕이가 갈색 엉덩이를 흔들며 아파트 복도를 걸어나갔다.

보인다. 저 길 끝에서 그토록 바라던 아는 얼굴이 걸어왔다. 장군이다. 20킬로그램짜리 잉글리시불도그 장군이는 완력을 부리기는커녕 걷는 것도 힘겨워 보이는 개다. 얼굴에 주름이 잔뜩 잡혀 있고 머리가 크다. 얼룩덜룩한 덩치가 헥헥거리며 느리게 걷는다. 침을 질질 흘리며 내게 오고 있다. 생긴 것만 용맹해서 억울한 개다. 그 억울한 개를 향해 나는 달렸다. "장군아!" 장군이 엄마 휴대전화로 카드를 정지했다. 나한테도 전화했는데 신호음만 울렸다. 하소연했다. 하소연은 뒷담화만큼 정신건강에 좋았다. '얼마나 놀랐냐'는 말에 그제야 마음이 놓였다. 50대인 장군이 엄마는 개를 째려보는 시선 때문에 속상하다고 했다. 장군이는 물기는커녕 부정교합 탓에 잘 씹지 못한단다. 그런 이야기를 하다 보니 불안이 줄었다. 이 동네에 내가 여기 있다는 걸 알아줄 사람이 한 명은 있는 거다.

이튿날엔 장맛비가 쏟아졌다. 누구에게라도 가닿으려면 휴대전화가 필요했다. 대리점 청년은 심드렁했다. "이 폰 못 찾는다고 보시면 돼요. 그냥 새로 하시죠." 자포자기 심정으로 그러겠다고 했더니 동사무소에서 임시 주민등록증을 받아오란다. 우산 속으로 비가 들이쳤다. 동사무소에서 발열 체크하고 명부에 이름을 썼다. 번호표를 받고 앉으니, 사진을 가져오란다. 빗방울로 따귀를 맞으며 집에 돌아와 사진을 챙겨 다시 동사무소로 갔다. 발열 체크해주는 직원이 쳐다봤다. "또 오셨어요?" 창구에 앉아 가방을 열었다. 사진 대신 개 몽덕이 똥 봉지가 나온다. 다른 가방이다. 장맛비처럼 울고 싶었다.

임시 주민등록증을 발급받아 대리점에 다시 가니, 청년이 이번엔 친절했다. 어마어마한 화소로 사진을 찍는다는 전화기, 어마어마한 줌으로 먼 거리 물체를 끌어당긴다는 전화기들을 보여줬다. 바지에서 물이 뚝뚝 떨어져 신발 속으로 들어갔다. 그냥 그가 추천하는 전화기를 골랐다. 새 전화기는 5세대(5G) 이동통신이라 요금이 올랐다. 나라는 걸 인증받으려면 내야 하는 세금이 됐다. 청년이 이것저것 휴대전화 설정을 해줬다. 아무래도 못

할 것 같았나 보다. 앱까지 깔아주겠다고 구글 계정을 물었다. 아이디와 패스워드를 넣었다. "본인 인증을 위한 질문"이 나왔다. 언젠가 내가 설정해놓은 질문이다. "내가 가장 좋아하는 건?" 돈, 땡. 개, 땡. 나는 대체 뭘 좋아하는 걸까?

수도권에서만 평생 산 나는 '우리 동네'를 가져본 적이 없다. 2년마다 전세금에 쫓겨 이사 다녔다. 회사 다닐 땐 오피스텔에서 잠만 잤다. 그 오피스텔에서 옆집 사람을 만난 적은 없는데 그의 TV 시청 취향은 안다. 벽이 얇았다. 예전엔 장이라도 자주 봤는데 코로나19 때문에 그마저도 줄어 택배를 받는다. 오다가다 안면 트기는 더 어려워졌다. 내가 사는 곳에서 관계 속 나를 물리적으로 확인할 기회가 점점 사라졌다. 그런데 슬프게도 사람이 위로받는 순간, 안전하다고 느끼는 순간은 관계를 손으로 만져볼 수 있을 때다. 카톡으로 대신할 수 없다. 허기가 유튜브 먹방으로 채워지지 않는 것처럼 말이다. 어른이나 애나 똑같다.

새 휴대전화 연락처에 장군이 엄마 전화번호와 주소를 입력했다. 장군이 엄마가 도움이 필요한 일이 생기면 달려오라고 동 호수까지 적어줬다. 며칠 뒤 몽덕이를 데리고 산책을 나왔는데 동그란 안경을 쓴 동네 꼬마 준우가 아이스크림을 쪽쪽 빨며 물었다. "개 몇 살이에요?" "제가 공 던져봐도 돼요?" 준우가 노란색 테니스공을 던지자 몽덕이가 달려가 잡아왔다. 그 뒤부터 준우는 몽덕이를 '공 잡은 개'라고 부르며 나한테 인사한다. 동네 아이랑 말을 트고 나니 이 동네에 사는 사람으로 인증받은 기분이 들었다.

너는 도인 아니 도견이구나

요즘 내 직업은 개 산책인 것 같다. 코로나19 탓에 프리랜서로 일하며 일주일에 몇 차례 드나들던 곳도 3주째 문을 닫았다. 잡종견 몽덕이를 데리고 3시간씩 동네를 배회한다. 개는 서비스만 받고 돈을 안 낸다. 그래도 이 개마저 없었다면 코로나 시대에 진짜 혼자 남을 뻔했다. 2주째 재택근무 중인 친구한테 "넌 가족이 있으니 '사회적 거리' 유지해도 외롭지 않겠다"고 했더니 "가족은 가끔 만나야 좋다"며 "끼니가 부장보다 무섭다"고 했다.

"개는 에덴동산에서 쫓겨나지 않았다." 밀란 쿤데라가 《참을 수 없는 존재의 가벼움》에 쓴 이 문장은 참말인가 보다. 이 개는 도인, 아니 도견이다. 몽덕이는 '나는 이런 개야' 따위 자아상에 집착하지 않는다. 그러니 '나 같은 개를 뭘로 보고' 따위로 성질내지 않는다. 가부좌 한 번 안 틀고 지금 이 순간을 그냥 사는 경지에 올랐다.

잠옷 위에 점퍼를 그대로 걸치고 몽덕이와 산책 나왔는데 앞에 흰색 몰티즈와 마스크를 쓴 여자가 걷고 있었다. 몽덕이가 그 개 꽁무니를 쫓아갔다. 나도 따라갔다. 여자가 뒤돌아서더니 다짜고짜 쏘아붙였다. "따라오지 말라는데 왜 따라와요?" 바로 화가 치밀어 올랐다. '언제 따라오지 말라 그랬냐? 이 길이 네 거냐? 봉두난발이라고 내가 만만해 보이냐?' 여자가 아니라 몽덕이에게 반나절 중얼거렸다.

벚꽃은 피고 목련꽃은 떨어지고 하늘은 파란데 내 생각은 반나절 내내 사정도 모르는 여자 주위만 맴돌았다. 정작 거부당한 개는 그러든지 말든지, 검은 비닐봉지를 쫓느라 정신없다. 지나간 몰티즈를 생각하기에 이 세상에 지금 냄새 맡아야 할 것이 너무 많다. 지금 바로 앞에 비둘기가, 민들레가, 똥이 있다. 개는 잔뜩 찌푸린 나를 이런 표정으로 본다. '분노가 뭐야? 먹는 거면 나도 좀 주고.'

개 몽덕이는 호혜평등을 실천한다. 지나치게 실천한

다. 산책 한 번 나가면 길 가는 모든 사람, 모든 개와 인사해야 한다. 이 아파트에 2년 사는 동안 내가 아는 사람은 편의점 주인아주머니 한 명뿐이었다. 몇 백 명 같은 건물에 사는데 내 존재를 아는 사람이 없다고 생각하면 고립감이 엄습하곤 했다. 내가 40년 넘게 사는 동안 배우지 못한 무조건적인 환대를 이 개는 그냥 한다. 나이, 성별, 입성, 인상 가리지 않고 꼬리를 흔들며 발 냄새 맡게 허락해달라고 한다. 갈색 시골개가 아무 이유 없이 당신이 좋다고 온몸을 떨어대면 열 명 중 여덟 명은 웃는다. 사람 마음은 그렇게 열리기도 한다.

몽덕이 오지랖 덕에 동네에 아는 사람들이 생겼다. "안녕하세요" 이상 대화를 나눠본 적 없는 경비 아저씨도 개를 키운다.

"파주에 사는데 재개발한다고 빈집이 많거든. 그렇게들 개를 버리고 떠나. 어떻게 그럴 수 있는지. 내 개가 열두 살인데 그 개가 떠날 날이 가까워졌다 생각하면 그렇게 허전할 수 없거든."

아저씨가 몽덕이를 쓰다듬었다. 몽덕이가 그 손을 핥았다. 80대 할머니와 둘이 사는 열두 살 개 용이는 짖는다는 민원 탓에 성대수술을 했다. 용이가 짖을 땐 이제

끽끽 쇳소리가 난다. 두 살짜리 웰시코기 풍이 아빠는 실업급여가 끊기는 날을 두려워하고 있다. 여기저기 얼어터진 꼴이었던 유기견 똘똘이는 입양된 뒤 재벌집 스피츠처럼 털이 반짝인다.

무엇보다 시골개 몽덕이는 나한테 사랑을 가르친다. 매일 아침 침대에서 나를 일으키는 기적의 사랑이다. 수건을 100번 돌리고 공을 100번 던진다. 개가 즐거워하니까. 회사에 지각해도 뛰지 않던 내가 3시간씩 걷고 뛴다. 내가 이리 뛰다니 헥헥, 나는 헥헥, 이 개를 헥헥, 사랑하는구나, 사랑은 행동으로 하는 거구나 헥헥.

벨 훅스는 《올 어바웃 러브》에서 사랑을 제대로 하려면 정의부터 바로 세워야 한다고 했다. "사랑이란 자기 자신과 다른 사람의 영적인 성장을 위해 자아를 확장하고자 하는 의지 (…) 사랑은 실제로 행할 때 존재한다." 다른 인간의 행복을 위해서 이렇게 애써본 적이 없다. 사람한테는 사랑받는다는 걸 확인하려고 사랑한다고 말했으니 사랑한 적이 없는 거 같다. 이 개한테 바라는 게 없다. (있긴 있다. 신발을 물지 말아줬으면.) 내 사랑을 돌려주는지 아닌지 재지 않는다. (너무 명백해서 잴 필요가 없기도 하다.) 짧은 다리, 갈색 털 그대로 한 견생, 세상의 온갖 냄새를 탐험하며 충만하게 살다 가길 응원할 뿐이다. (개도 내게 그러겠지. 짧은 다리, 노란 가죽 그대로 한 인생 충만하게 살다가렴.)

25년 된 아파트 뒤편, 사람들이 잘 오지 않는 공터가 있다. 거기 앉아 개가 정성스럽게 가래, 쓰레기 봉지, 그 사이에 토끼풀 따위 냄새를 맡는 걸 하릴없이 눈으로 좇다보면 생각은 뒤로 물러나고 감각이 전면에 등장하는 순간이 있다. 몽덕이는 20년을 못 살고 죽을 거다. 나도 아프고 죽을 거다. 그 약한 몸들 위로 봄 햇살이 쏟아져 내렸다. 인간과 개가 그 풍경 속에 같이 있다. 심장마비와 암을 앓았던 아서 프랭크는 《아픈 몸을 살다》에 그런 순간을 썼다. 검사 결과를 들으러 병원으로 향하는 길이었다. 암은 아무 이유 없이 그냥 왔다. 비가 쏟아졌다. 몸이 젖었다. 아픈 몸으로 경험했기에 9월의 초록빛은 어느 때보다 강렬했다. "웅덩이와 풀과 나뭇잎들로 이루어진 세계가 이곳에 있었고, 나는 그 일부가 될 수 있었다."

갈 데가 없어 공터에 매일 퍼질러 앉아 있다 보니 봄을 자세히 본다. 개나리 봉오리 하나, 두 개 그러더니 이제 화르르 피었다. 코로나가 길어지면 나는 손가락, 개는 발가락 쪽쪽 빨아야 할지 모르지만 그래도 어떤 순간엔 몽덕이에게 감격에 겨워 말하게 된다. "보여? 목련이야!" 목련 꽃잎 냄새 맡는 줄 알았더니 몽덕이는 그 밑에 감춰진 똥을 먹고 있다.

개에게 배우는 사랑

개 몽덕이가 헥헥거리며 소파를 물어뜯었다. 힘들면 안 하면 될 텐데 열심히 했다. 한 살이 되기 전에 여러 사고를 쳤다. 한동안은 벽지를 뜯어냈다. 청소를 안 해 더러운데 벽 시멘트까지 드러나니 집이 버려진 성황당 같았다. 벽지에 시들해지더니 신발에 몰두했다. 샌들을 꼼꼼하고 성실하게 분해했다. 책도 찢어 씹어 먹었다. 개 위가 두뇌라면 지식을 꽤나 쌓았을 테다.

나는 개의 만행보다 내 반응에 놀랐다. 화가 나지 않았다. 오만 사소한 것에도 분기탱천하며 일기장에 복수를 다짐하는 난데 말이다. 화가 날 때 나타나는 몸의 반응이 없었다. 개가 피워놓은 난장을 치우며 드는 첫 생각은 이랬다. '몽덕이가 먹었으면 어쩌지? 똥으로 나와야 할 텐데.' 내가 입은 피해보다 몽덕이가 먼저였다. 그때 나는 내가 사람을 한 번도 이렇게 사랑한 적이 없었다는 걸 알았다. 사랑한다는 말뿐이었지, 대체로 그 사람보다 그 사람에게 상처 입은 내가 먼저였다. 내가 화냈던 순간마다 나는 상대에게 '너는 내게 딱 이만큼의 존재'라는 메시지를 보내왔던 건지 모르겠다.

똥, 오줌에는 본능적 혐오감이 올라오기 마련인데 이 개가 싼 똥은 군고구마 같다. 똥이 묽네, 단단하네 들여다보기도 한다. 개가 토하면 걱정이 앞선다. 비위가 약해서 음식물 쓰레기를 버리면서도 웩웩거리는데 몽덕이의 토사물은 뒤적이며 살펴본다. 이 개를 사랑할수록 더럽던 것들이 그렇지 않게 느껴진다.

우리 동네 사는 개 초롱이는 아무도 만질 수 없다. 시골에선 흔하지만 애견숍에서는 볼 수 없는 중형견 누렁이다. 초롱이는 한 폐쇄된 공장 마당에 버려졌다. 동네 주꾸미집 사장 아주머니가 초롱이를 구했다. 무슨 일을 겪었는지 초롱이는 내버려두면 괜찮은데 사람이 제 몸에 손을 대려 하면 물었다. 아주머니도 손을 물려 응급실에서 꿰맸다. 붕대 한 손으로 그는 초롱이를 산책시켰다. 중학생 딸 둘을 둔 아주머니는 오전 11시에 가게로

나가 새벽 2시까지 일한다. 출근 전에, 퇴근 후에, 점심 장사 끝내고 후다닥 집으로 달려와 초롱이를 데리고 나온다. 초롱이는 아주머니만은 따라간다. 그가 새벽 3시에 신발까지 내려온 다크서클을 끌며 산책하는 이유는 하나다. 이 개가 세상을 좀 더 행복하게 경험하다 가는 것이다. 초롱이를 공장에서 데려오고 석 달 정도 지났을 때, 여전히 지쳐 보이는 그는 이렇게 말했다.

"초롱이가 이제 등을 만지게 해줘. 곧 목욕도 시켜줄 수 있을 거야."

1년 7개월 몽덕이를 키우며 느낀 사랑은 편안했다(몽덕이가 날 키웠는지도 모르겠다). 그 사랑은 우리가 정말 다르다는 걸 서로 알기 때문에 가능하다. 몽덕이는 내가 인간 세계에서 어떤 위치를 차지하는지 따지지 않는다. 집이 몇 평인지, 대학은 어딜 나왔는지, 연봉은 얼마인지 아무 관심 없다(물론 간식을 주는지에는 지대한 관심이 있다). 몽덕이는 다만 내가 곁에 있길 바란다. 그래서 나는 몽덕이 옆에선 나 자신일 수 있다. 모멸도 부끄러움도 느끼지 않는다.

나도 몽덕이가 개 세계에서 인기나 지위가 있는지 모른다(없는 것 같다). 인간이 지배하는 세계에선 개 몽덕이는 무능하다(개의 세계에선 인간인 나는 유해할 테다). 새만 보면 쫓는다. 새는 날아가 버린다. 고양이만 보면 몽덕이는 미친 듯이 달려간다. 고양이랑 뭘 하려는 건지는 모르겠다. 몽덕이는 개 중에서도 다리가 짧고 고양이는 수직으로도 달린다. 절대 못 잡는다. 몽덕이는 땅을 조금 파고, 지렁이에 몸을 비비고, 내 양말을 벗길 수 있다. 그게 거의 다다. 새를 잡건 말건 몽덕이는 존재 자체로 사랑스럽다(새는 못 잡는 게 낫겠다). 나는 몽덕이가 내 곁에 있어주는 걸로 족하다.

사랑은 무언가를 할 수 있기에 얻는 것이 아니라는 걸, 존재 자체로 받는 것이란 걸 몽덕이는 내게 가르쳐 줬다. 그렇게 판단하지 않는 사랑에는 평화가 깃든다는 걸, 평화가 없는 사랑은 사랑이 아니었다는 걸 나는 개에게서 처음으로 배웠다.

이 글을 쓰는 동안 방 안에 눈송이 같은 게 떠돈다. 방바닥에 놓아둔 내 패딩에 몽덕이가 구멍을 뚫었다. 주머니에 묻어 있던 간식 가루를 먹겠다고 그런 거 같다. 이리저리 떠도는 오리털 송이를 잡겠다가 몽덕이가 팔짝팔짝 뛰었다. 어째 조용하다 했다.

쓰레기 자루 속 레몬 빛깔 병아리

"저 염소들은 오늘 다 잡아먹힐 거야."

서아프리카 감비아에서 일하는 한 독일인 친구가 염소 대여섯 마리 찍은 사진을 보냈다. 감비아에서 축제를 벌이는 날이란다. 장에서 팔려가는 염소는 카메라를 쳐다보고 있다. "불쌍해." 그 친구 말에 나도 맞장구쳤다. 그런데, 그렇게 말하기에 우리 너무 많이 먹지 않았나? 영국 방송 BBC가 보도한 2017년 한 해 1인당 육류 소비를 보면, 서아프리카는 10킬로그램인데 한국은 51킬로그램, 서유럽은 80, 90킬로그램이다. 적어도 감비아에서 염소를 잡아먹는 사람들은 고기가 염소라는 건 확실히 알 거다. 그 친구가 슈퍼마켓에서 고기를 사며 불쌍하다 말하는 거 들어본 적 없다. 도시 '문명'을 누리는 그와 나는 부위별로 잘려 깔끔하게 포장된 고기를 공산품 사듯 산다. 1+1 할인이면 몇 팩 더 챙긴다. 남의 손에만 피 묻히는 폭력은 우아해서 폭력의 소비자는 죄책감마저 느낄 필요가 없다.

에어컨이 쌩쌩 도는 지하철에서 한승태 작가의 《고기로 태어나서》를 읽다 울었다. 질질 흐르는 눈물 때문에 마스크가 눅눅해졌다. 사람들이 더 피하는 거 같다. 작가가 공장식 양계장, 양돈장, 개 농장에 취직해 쓴 르포다. 알을 못 낳는 "레몬 빛깔" 수평아리들은 쓰레기다. 양계장에서는 이 수평아리를 키워봤자 사룟값만 들고 수익이 안 남는다. 키워 잡아먹는 육계는 빨리 살이 찌도록 개량한 품종이다. 수평아리를 쓰레기 자루에 꾹꾹 눌러 담는다. 자루에서 압사당한 사체가 악취를 풍긴다. 갈려도 끝까지 살아남은 놈들이 있다. 자루 아래서 소리가 새어 나온다. "삐악삐악." 이 병아리들을 갈아 흙과 섞고 비료로 쓴다.

알을 낳을 수 있다는 건 천형이다. 그가 일한 한 산란계 농장을 보면 그렇다. 가로세로 50센티미터, 높이 30센티미터 전자레인지 크기만 한 케이지(우리)에 네 마리씩 들어가 있다. 그냥 한 덩어리다. 털은 다 빠졌다. 부리는 다 잘렸다. 서로 밟아 깔려 죽기도 하는데 사체를 빼내기도 힘들다. 케이지 밖으로 목만 빼고 수백 마리가 비명을 질러댄다.

육계 농장에서 그가 한 일은 '못난이'들 걸러내기다. 사룟값 드는데 빨리 살이 안 찌는 닭들의 목을 비튼다. 매일 죽이다 보니 나중엔 별 감정 없이 목을 꺾는다. 끝까지 살아남아봤자, 32일이다. 그날 다 도축된다. 닭의 원래 수명은 7~13년이다. '못난이' 걸러내기는 양돈장에서도 이어진다. 죽인다고 하지 않고 '도태시킨다'고 말한다. 빨리 살이 찌지 않는 돼지는 다리를 잡아 바닥에 패대기친다. 그래도 잘 안 죽는다. 분뇨장에 버린다. 거기서도 바로 안 죽는다. 수컷 새끼돼지는 생후 한 달 즈음에 생식기를 떼어 낸다. 그래야 고기 맛이 좋다. 빨리빨리 뜯어야 한다. 손으로 잡아 뜯는다. 좁은 공간에 갇혀 사니 돼지끼리 꼬리를 씹는다. 돼지의 꼬리랑 이를 자른다. 그렇게 살아남아봤자 6개월이다. 돼지의 원래 수명은 9~15년이다. 공장식 양돈장에서 어미돼지는 3년을 산다. 누웠다 일어났다만 할 수 있는 스톨(감금틀)에 갇혀 새끼를 낳는다. 생후 210일부터 임신과 출산을 반복하다 도축된다.

닭과 돼지는 사료를 먹는다. 개는 음식물 쓰레기를 먹는다. 개 농장은 음식물 쓰레기를 처리한 대가로 돈을 번다. 개는 땅에서 90센티미터 띄운 뜬장에 갇혀 있다. 똥오줌을 싸면 케이지 아래로 그대로 떨어진다. '못난이'를 걸러내진 않는다. 개는 살이 너무 찌면 소비자가 안 좋아한다. 태어난 지 1년 정도 되면 주인이 쉽게 죽일 수 있는 방식으로 개를 죽인다. 그가 일한 두 곳에서는 목을 매달거나 감전사시켰다.

이 노동을 감당하는 사람들은 월 150만 원을 받고 농장에 마련된 컨테이너에 사는 캄보디아, 중국, 베트남 등에서 온 외국인 노동자다. 돼지를 옮길 때면 자루를 퍼덕이며 몰다 결국 두들겨 팬다. 이 돼지들을 다 옮겨야 컨테이너에라도 들어가 잘 수 있다.

"작업이 끝나고 내가 신경 썼던 것은 오직 얼얼한 팔의 피로뿐이었다."(한승태,《고기로 태어나서》)

이 잔혹극은 인간이 더 맛있는 고기를 더 싸게 더 많이 먹기 위해 벌어진다. 소고기 1킬로그램 생산하는 데 곡물 12킬로그램이 필요하다. 전 세계 곡물 3분의 1을 가축에게 먹이는 동안 인간 8억 명은 굶주린다. 축산업은 지구온난화의 주범인 탄소 배출량의 18퍼센트를 차

지한다.(김한민, 《아무튼, 비건》)

지하철에서 콧물을 훌쩍이며 결심했다. 최소한 채식을 해야지. 나는 백수고 친구도 별로 없다. 코로나19 사태 전부터 거의 사회적 격리 상태였다. 이보다 더 채식을 실천하기 좋은 조건은 없다. 몸만 부지런해지면 된다. 냉장고가 생화학 연구소다. 채소들이 형체가 없다. 형체 있을 때 요리해 먹기만 하면 된다. 돼지, 닭, 소의 고통에 비해 이건 정말 사소한 수고 아닌가.

"냉면은 어떻게 할 거야?" 채식을 해보겠다니 한 친구가 물었다. 맞다, 냉면. 이 여름만 지나고 시작할까? 한 친구는 채식을 시작하기 전날, 육식에 대한 미련을 끊으려 닭튀김 한 상자를 끌어안고 다 먹었다고 했다. 냉면 한 다섯 그릇 먼저 먹고 끊을까? "생선은 어떻게 할 거야?" 맞다, 조기. 생각난 김에 조기를 두 마리 구워 먹었다. "달걀은 어떻게 할 거야?" 혼자 사는 사람에게 달걀은 은총이다. 라면에 넣어 먹고 밥 비벼 먹고 프라이해 먹고 삶아 먹으며 한 끼를 때운다.

이것 빼고 저것 뺐다. 공장식 축산이 없어질 때까지 육고기만 끊기로 했다. 시작하고 3주만에 몇 번 어겼다. 분식집에서 김말이 고르다 참지 못하고 만두까지 먹었다. 햄버거 앞에서 이 결심은 언제 무너질지 모른다. 그래서 다시 적는다. 육고기라도 끊겠다. 내 윤리는 입맛 앞에서 얼마나 초라한가? 다른 생명의 고통은 내 혀끝의 쾌감보다 얼마나 가볍나? 빵집에서 팥과 버터가 들어간 바게트 맛이 궁금해 샀다. 크림빵도 샀다. 우유를 많이 먹으려고 인간은 젖소를 강제 임신시키고 송아지에게 돌아갈 젖을 가로챈다. 빵 두 개를 비닐에 따로 담아 다시 봉지에 넣어준다. 겹겹이 비닐이다. 소비자는 왕이니까 두 빵이 엉켜선 안 된다. 집에 돌아오니 개 몽덕이가 두 발로 서서 기쁘다고 난리다. '그 무엇도 착취하지 않는 몽덕아, 너는 세상에 무해한 존재구나.' 이상하다. 세상에 유해한 유일한 종인 인간이 무해한 존재들을 업신여기며 더럽다 한다.

냉소한다 그래서 행동한다

　채식을 결심했다는 글을 쓰고 6개월도 지나지 않았다. 쓰레기로 깔려죽는 "레몬 빛깔 수평아리" 때문에 지하철에서 펑펑 울고 두 계절도 다 지나지 않았다. 그런데 고기 먹을 기회를 호시탐탐 노리고 있다.

　옛 회사 선배가 밥을 사준다고 양꼬치 집에서 보자고 했다. 내가 고기를 먹지 않는다는 말은 못 했다. 안 했다. 얻어먹는 주제에 까칠해 보일까 싶기도 했다. 그게 다는 아니다. 못 이기는 척 고기 먹어볼 작정이었다. 선배 눈치 봤다는 건 내가 나한테 하는 거짓말이다. 결정권을 상대에게 넘기고 죄책감을 덜려는 속셈이다. 이렇게 은근슬쩍 닭갈비를 먹은 적도 있다.

　양꼬치 집 냄새가 근사했다. 열 평 남짓 가게는 다 빠지지 않은 연기로 매캐했다. 잘게 썰린 양고기가 노릇하게 익어갔다. 다른 테이블에서. 선배는 양꼬치가 아니라 가지튀김과 볶음밥을 시켰다. 나는 아쉬운 입맛을 다시며 "실은 고기를 먹지 않는데 잘됐다"고 말했다. 결심과 달리 고기를 먹으면 죄책감이 올라온다. 이런 죄책감을 없애는 데는 냉소가 최고다. 효과적이고 폼 나는 방법이다. "나 하나 안 먹는다고 세상이 바뀌어?" 내 잘못 아닌 거다. 세상이 내 힘으로 어떻게 해보기엔 너무 거대한 거지.

서른 살 가을 씨는 자기도 "냉소적"이라고 했다. 세상이 나아질 거라고 한 톨도 믿지 않는단다. 그는 2019년 7월 동물해방공동체 직접행동DxE Korea이 한 대형마트에서 벌인 방해시위 동영상을 봤다. 시위대는 포장된 고기 위에 국화꽃을 놓았다. 노래를 불렀다. "인간들만이 생각할 수 있다. 그렇게 말하지는 마세요. 그대 마음의 문을 활짝 열면 온 세상이 연결됨을 느껴요."(〈바람의 빛깔〉개사) 이어 영화 〈레미제라블〉 속 〈민중의 노래〉 가사를 바꿔 불렀다. "너는 듣고 있는가, 동물의 비명 소리를."

그리고 1년 8개월이 지나, 가을 씨는 한 백화점 정육코너에서 함께 노래했다.

"처음에는 비웃었어요. 지금도 이런 노래가 세상을 바꿀 거라고 생각하지 않아요. 백화점까지 가는 길에 육식 식당이 가득했어요. 우리가 노래하는 중에도 고기 사는 사람들이 있었어요. 제가 거기 섰던 까닭은 "너는 듣고 있는가"라는 노랫말 때문이었어요. 어느 순간 저한테도 그 비명이 들렸어요. 냉소는 스스로를 높이 평가하는 태도라고 생각해요. 제가 뭐라고 저 때문에 세상이 변하겠어요. 저 하나 때문에 안 변하는 게 당연하잖아요. 큰 의미 같은 건 없으니까, 그러니까, 내가 할 수 있는 거나 해야지, 그래요. 안 할 이유도 없잖아요."

'냉소한다. 그래서' 다음에 '행동한다'가 나올 수 있다는 걸 그를 보고 처음 알았다. '내가 세상을 바꿀 거야'라고 했다가 나이 들고 정반대 편에 선 사람들을 많이 봤다. 변절했으면서도 변절한지도 모르는 그들이 젊은 시절 독재정권과 맹렬히 싸웠던 동력은 어쩌면 비대한 자아상이 아니었을까. 한 사람이 사는 세상은 그 사람이 공감각하는 고통의 경계까지다.

이 문어를 만나지 않았더라면

"(돼지가 죽는 과정을) 우리는 잘 모른다. 모르는 편이 먹기에 편하니까. 물고기가 죽어서 식탁에 오르는 과정은 동네 횟집에만 가도 볼 수 있다. 큰 횟집에선 참치 해체쇼를 하기도 한다."

문미소 씨가 쓴 〈물고기는 왜〉라는 글을 읽고 '진짜 그렇네' 했다. 나는 강아지 몽덕이를 키우다 육고기를 먹지 않게 됐는데, 해산물은 걸신들린 것처럼 흡입한다. 닭, 돼지, 소의 고통은 어느 정도 상상이 되는데 횟집에서는 내가 먹을 통통한 놈을 직접 골라도 아무렇지 않다. 친구가 그랬다.

"너는 채식주의자가 아니라 해산물주의자야."

아마도 인간이 보기에 물고기보다 돼지가 인간과 더

닮아서인 거 같다. '완벽한 타자'를 향한 폭력은 오락이 된다. 타자의 고통은 상상하지 않아도 되니 편하다. 죄책감 없이 착취할 수 있다. 그래서 인간끼리도 어떻게 해서든 차이를 부풀려 타자로 만드나 보다.

다큐멘터리 〈나의 문어 선생님〉을 보지 말걸 그랬다. 내 사랑, 문어숙회 어쩔 건가? 문어 닮은 낙지, 연포탕은 어쩔 건가? 딱 한 마리 문어만 보여주는 이 다큐 때문에 괴롭다. 슬럼프에 빠진 감독 크레이그 포스터는 고향인 남아프리카 바닷속으로 홀로 들어간다. 온몸에 조개를 두른 이상한 '물체'를 만난다. 위장한 암컷 왜문어다. 그는 '그'를 매일 만나러 간다. 이 문어는 전략가다. 파자마 상어에게 쫓길 때 잽싸게 수면 위 바위로 올라갔다. 오래 머물 수 없다. 물로 다시 들어간 문어는 상어의 등 위에 올라탔다. 상어가 지쳐 떨어질 때까지. 이 문어는 호기심도 많다. 팔을 뻗어 물고기 떼에게 장난을 걸고 세상을 탐색한다.

나는 문어에게 감정이입하고 말았다. 그가 상어에게 쫓길 때마다 그를 돕지 않는 인간 감독이 미웠다. 그런데 문어가 '지적인 존재'라서 공감한다면, 그래서 더 인간을 닮았고, 더 살 가치 있게 느껴진다면, 돼지 죽이는 꼴은 못 보지만 접시 위에서 숨 쉬는 생선 머리를 보고 감탄하는 태도와 뭐가 다른가? 수나우라 테일러는 《짐을 끄는 짐승들》에서 이런 질문을 던진다. "왜 수어를 할 줄 아는 침팬지 '부이'를 영장류 연구소에서 풀어달라는 여론은 들끓었지만, 그렇지 못한 침팬지들은 관심 밖에 방치되었나?" 수나우라 테일러는 장애인과 동물 차별의 논리는 같다고 주장한다. 이성에 특권적 지위를 부여하고 이를 담은 특정한 몸이 있다고 상정한 뒤 줄 세우기 하는 방식이다. 성별, 인종에 따른 차별도 이 줄 세우기에 따른다. 유색인과 여성은 덜 이성적인 존재로 취급당했고, 그게 차별의 근거가 됐다. 장애인 탈시설 논의가 시작되고 활동지원사 제도를 도입할 때, 정부는 발달장애인을 탈시설 대상에서 제외했다가 장애인단체 항의시위 뒤에야 바꿨다. 애초에, 인간이 상상도 못 할 수많은 재능과 미덕이 반짝이는 세상에서 이성이 특별 지위를 누릴 이유는 없다.

왜문어는 환경에 따라 피부 색깔과 질감을 바꾼다. 괴상하다. 그가 인간에게 다가와 빨판으로 손을 잡았을 때 〈나의 문어 선생님〉의 감독은 "경계가 사라지고 문어의 아름다움을 고스란히 느낄 수 있었다"라고 말한다. 관계는 기쁨이자 고통을 전달하는 신경이다. 문어가 파자마 상어에게 한쪽 팔을 뜯겼을 때, 감독은 "심리적으로 내 팔이 잘린 것 같았다"라고 했다. 그는 문어를 통해 다시마숲 속 얽히고설킨 관계를 파악한다. 알을 품은 암컷 문어는 동굴에서 꼼짝하지 않고 굶어 죽어간다. 알이 부화해 바다로 흩어지는 날, 문어는 겨우 굴 밖으로 기어 나온 뒤 물고기들에게 뜯어 먹힌다. 나는 이 문어가 죽을 때 울었다. 감독은 "그의 연약함으로 나의 연약함을 절감했다"고 했다. 태어나, 살려고 몸부림치다 죽는 것, 그 비장한 사이클을 문어도 나도 돈다. 우리는 그렇게 하찮으며, 위대한 관계의 일부분이다. 문어와 나는 닮았다.

문어의 고통에 공감하지 않으면, 숙회는 죄책감 없이 먹을 수 있겠지만 문어의 아름다움은 알지 못할 거다. 그런데, 아, 자꾸 먹고 싶다. 다큐멘터리 〈씨스피라시〉를 못 보겠다. 생선 먹는 게 괴로워질까 봐.

가래떡을 먹는 시간

'가지 말까?'

혼자 지하철을 타고 일산(경기 고양시)에서 인덕원(경기 안양시)까지 가는 내내 갈팡질팡했다. '혼자 온 사람이 나 말고 또 있을까?' 나는 비관적인 방관자다. 불행해도 편하다. 이미 실망 상태라 실망할 일이 없다. 평생 방관만 하다 보니 이날 같이 가자고 꾈 사람이 없었다. 혼자라 더 움츠러들었다. 김진숙 민주노총 지도위원의 복직을 응원하는 '희망뚜벅이'에 참여하러 가는 길이었다.

'도망갈까?'

손 소독을 하고 열을 잰 뒤 50명씩 나눠 걸었다. 200명은 넘어 보였다. "왔어!" 아는 얼굴들끼리 손짓했다. 중년 여자 넷은 사탕을 나눠 먹다 나한테도 하나 줬다.

어색했지만 일단 걸어보기로 했다. '발톱 깎고 올걸.' 걷다 보니 새끼발가락이 아파서 외롭지 않았다. 혼자 온 사람들이 더 있었다. 내 앞에 걷는 여자 귀에 소주 모양 귀걸이가 달랑거렸다. 30대로 보이는 커플은 걸으며 싸웠다. "왜 자꾸 말을 끊어?" "너는 왜 남의 말을 안 들어?" '저러다 한 명 가지' 했는데 한 30분 지나 보니 둘이 팔짱을 끼고 있다.

1시간 넘게 걷다 보면 '증상'이 나타난다. 뜬금없는 얘기를 하거나 노래 하나에 꽂혀 흥얼거리게 된다. 내 뒤에 걷던 세 청년에게도 그 증상이 나타나는 것 같았다. 이들이 나누는 대화에 맥락이 없다. 서울랜드를 지나는데 한 명이 말했다. "어릴 때 서울랜드에서 길 잃어버렸어." 다른 친구가 답했다. "대학생 때 거기 가봤어. 코끼리 보러." 그러다 그냥 걸었다. 길가에 선 한 남자와 아이가 '김진숙 복직' 펼침막을 들고 손을 흔들어 줬다.

초고층 아파트단지들이 나왔다. '서밋Summit, 정상', '위버필드Ueberfield'…. '위버필드'는 대체 무슨 뜻일까? '위ueber'를 뜻하는 독일어 낱말에, 영어 '들판field'을 합친 '상층부' 같은 뜻의 조어일까? 수직으로 솟은 단지 옆으로 사람들이 수평으로 걸었다.

2시간쯤 지나 자원봉사자들이 점심을 나눠줬다. 김이 오르는 가래떡이랑 두유를 받아 벤치에 혼자 앉았다. 내 옆에 앉은 커플은 귤을 서로 먹여줬다. 아무도 내게 말 걸지 않았고 나도 아무에게도 말할 필요 없었다. 가래떡이 맛있었다. 외롭지 않았다.

코로나19 탓에 서울부터는 아홉 명씩만 함께 걸을 수 있었다. 경찰이 앞뒤로 섰다. 거리를 둬야 해서 가다 서다를 반복했다. 발가락이 아프고 기다리는 시간이 짜증 났다. 뒤처진 김에 건널목에서 튀려 했는데 뒤에 섰던 경찰이 빨리 오란다.

10킬로미터를 4시간 걷다 도망갔다. 다음 날 아침 일어나니 미세먼지가 심했다. 나는 보통 일어나자마자 성질이 난다. 억울한 기억도 떠오르고, 먹고 살 일을 생각하면 답답해진다. 이날 아침엔 다른 생각이 들었다. '오늘 걷는 사람들 힘들겠다.'

방관자인 나는 나를 위해 걸었다(결국 도망갔다). 열여덟 살 김진숙이 천장에 구멍을 뚫어 만든 다락에 갇혀 미싱을 돌릴 때, 열여덟 살 나는 대학에 갈 생각뿐이었다. 스물한 살 용접공 김진숙이 쥐똥이 섞인 밥을 공업용수에 말아 먹을 때, 스물한 살인 나는 학점을 땄다. 어용노조에 맞서다 대공분실에서 고문당하고 해고된 김진숙이 36년간 복직 투쟁을 벌일 때, 나는 '서밋' 같은 데 살아야 인간 대접을 받을 수 있다 생각했다. 40대가 된 나는 여전히 불안하다. 그리고 이제야 어렴풋이 깨닫게 된다. 부당해고를 당한 김진숙이 복직되지 못하면, 그런 상식적인 일조차 일어날 수 없는 사회라면, 나는 아마 죽을 때까지 불안할 거다. 그의 복직을 바라는 마음 말고는 공통점 없는 사람들이랑 가래떡을 먹는 순간 같은 게 없다면, 인생은 의미 없는 것일지도 모른다.

이 글을 쓰고 1년 뒤, 2022년 2월 김진숙(62세) 민주노총 지도위원은 37년만에 복직했고 그날 명예퇴직했다. 그날 행사에서 그는 "오늘 하루가 저에겐 37년"이라며 동지들에게 "먼 길 포기하지 않게 해주셔서 고맙습니다"라고 말했다.

'땐뽀걸스'의 지현과 현빈이는
아직도 춤을 출까

내가 그 아이들이 궁금했던 까닭은 외롭기 때문인 것 같다. 이제 어른이 됐겠구나. 40대 중반이 되니, 누가 내 시간을 뭉텅이로 훔쳐간 것 같다. 황당해서 자꾸 뒤돌아보게 된다. 뭔가 '중요한 것'을 놓쳤다.

이 사람들은 그 '중요한 것'을 고3 때 배웠다. 2017년 다큐 〈땐뽀걸즈〉에 나왔던 거제여자상업고등학교 '땐뽀(댄스스포츠)' 동아리 학생들이다. 다큐는 수학 시험 시간에 몇 번으로 다 찍었는지는 헷갈려도 스텝을 외는 데는 철저했던 아이들과 동아리를 이끈 이규호 선생님이 경진대회에서 입상하는 과정을 따라간다. 별 이야기 아닌 거 같은데 보다보면 눈물이 줄줄 난다. 세 번 볼 때마다 그랬다. 그때마다 개가 달려들어 짭짤한 내 눈물과 콧물을 간식으로 핥아먹었다.

새벽 2시 30분, 고깃집 아르바이트를 마치고 돌아온 열여덟 살 김현빈은 언니에게 이렇게 말했다.

"내가 학교에서 제일 웃는 시간이 뭔지 아나? 체육 시간에 춤출 때가 제일 재밌다. 엄청 재밌어. 근데 엄청 힘들어."

다큐 속 김현빈은 보증금 200만 원, 월세 65만 원짜리 집에서 언니와 둘이 살았다. 친구들은 현빈이 왜 연습에 자주 빠지는지 몰랐다. 현빈은 수업 시간에 잤고 수학여행을 가지 않았다. 그가 사정을 털어놓은 한 사람이 이규호 선생님이었다. 나는 이제 스물한 살 어른이 된 현빈의 연락처를 수소문해 인터뷰를 부탁했다. 그는 고깃집 실장으로 일하고 있었다. 보증금 300만 원, 월세 35만 원짜리 원룸에 혼자 산다.

"저는 행복해질 사람이에요."

〈땐뽀걸즈〉에서 이규호 선생님이 고등학생 현빈에게 숙취해소제를 건네는 장면을 볼 때마다 나는 어김없이 운다.

"그때는 친구는 옆에 있을 뿐이고 제 삶은 제가 짊어지고 가야 한다고 생각했어요. 사정을 이야기할 사람이 없으니 술로 풀었던 거 같아요. 숙취해소제를 받으며 선생님이 저를 이해하고 생각해주시는 걸 느꼈어요. 선생님은 친구이자 부모처럼 제 이야기를 받아주셨어요."

할머니 손에 자란 현빈은 중학교 3학년 때부터 아르바이트했다. 일, 학교, 일, 학교…. 사는 일이 급했다. 학교를 그만둘까도 생각했다. 그랬던 그가 서빙하는 틈틈이 스텝 연습을 했다.

"땐뽀 시간은 저만의 희락이었던 거 같아요. 조금 더 해보고 싶고, 조금 더 잘하고 싶고. 제가 김현빈이라는 사람이 될 수 있는 시간. 일 압박을 느끼지 않아도 되는 평범한 아이처럼 보낼 수 있는 시간. 사람 때문에 제일 소중했던 시간."

쉽지 않았다. 현빈은 아르바이트와 연습 둘을 놓고 24시간 저글링을 해야 했다. 대회가 가까워지면서 멤버들은 지치고 예민해졌다. 하루는 반장 시영이 화가 났다. 대회를 이틀 남긴 밤, 연습이 부족한데 현빈이 아르바이트를 가야 했기 때문이다. 시영 아버지가 서울로 떠나기 전날 밤이기도 했다. 거제 조선업이 기울면서 아버지는 창업 준비를 하려고 서울 조리학원에 등록했다. 그날 밤에도 시영은 연습하러 학교에 남았던 터였다. 현빈에게 쓴소리가 나올 수밖에 없었다.

그렇게 울다가도 시영과 아이들은 현빈의 깜짝 생일 파티를 준비했다. 내가 울고 개는 눈물 맛에 좋다고 날 뛰는 장면이다.

"최대한 연습해서 아이들한테 미안하지 않을 정도로 해야 하는데…. 저한테 화도 많이 났어요. 몸은 하나인데 두 가지를 해야 하니까 저 자신과의 싸움이었던 거 같아요. 동아리 애들하고 선생님 때문에 버텼어요. 저 하나 때문에 다 무너질 수 있으니까요. '내가 이 정도도 못 하면 남은 인생을 어떻게 살겠니' 그런 마음이 들었어요. 선생님이 항상 잘할 수 있다고 해주셨어요. 저를 믿는 걸 알고 있었어요. 경진대회 입상했을 때 '선생님이랑 친구들이 있었기 때문에 잘했구나' 그 생각밖에 안 들었어요."

현빈은 이제 춤추지 않는다. "저는 춤보다 그때 그 사람들을 좋아했던 거 같아요." 낮 12시부터 밤 12시까지 하루 12시간씩 일한다. 요즘은 코로나19 때문에 밤 9시 이후에는 배달용 포장을 한다.

"계획이 있어요. 열심히 배워서 이 고깃집 2호점을 내는 게 제 목표예요. 어릴 때는 부모님 손잡고 다니는 아이들 보면 마음이…. 이제는 그런 생각이 안 들어요. 제가 단단해졌어요. 더 행복하게 열심히 살 거예요.”

“어리광 피울 시기를 놓쳤다”는 현빈은 여전히 웬만한 일은 혼자 짊어지고 간다.

“선생님한테는 힘든 일 이야기하기도 해요. ‘이미 닥친 일, 이겨내면 되는 거니까’라고 그러세요.”

땐뽀 동아리 멤버였던 박지현(21세)은 부산에서 영업직으로 일하고 있다. 땐뽀 동아리 활동을 하기 전에는 지각, 조퇴, 결석을 많이 했다.

“원래 인문계에 가고 싶었는데 부모님 뜻에 따라 상업고등학교에 갔어요. 낙이 없었어요. 학교 그만둘까도 고민했어요. 땐뽀 동아리는 이력서에 한 줄 써볼까 해서 들어갔는데 점점 더 저한테 소중해졌어요. 점점 더 책임감을 느끼겠더라고요. 사실 남들이 보면 별거 아니잖아요. 학교 동아리일 뿐인데. 그런데 그때 우리는 정말 진심이고 최선이었어요. 누구도 대충 하지 않는다는 거, 그렇게 뭘 같이 하면서 무대를 채우는 게 뿌듯했어요. 다 힘들고 노력했던 거 우리가 제일 잘 아니까 입상했을 때 정말 행복했어요. 동아리 시작하면서 지각, 조퇴도 안 했어요. 제가 그러면 그 말이 동아리 담당인 이규호 선생님한테 전해질 텐데 그게 싫었어요. 우리 모두 선생님을 좋아했어요. 항상 우리 편에서 이해해주셨거든요."

그가 졸업하고 이규호 선생님이 학교로 부른 적이 있다. 후배들 연습을 봐달라고 했다.

"" 너 잘하니까 봐줘" 그러시는 거예요. 후배들한테 저를 이렇게 소개하셨어요. "멋진 언니." 별거 아닌데 이런 기억이 마음에 깊이 남더라고요."

김현빈은 말한다. "저한테 선생님은 햇빛 같은 사람이에요." 이들은 타인의 스텝을 읽고 내 몸을 맞추는 법, 나를 믿어주는 너를 위해 춤추는 법을 배웠다. 학창 시절 내내 문제 하나 더 맞히겠다고, 너보다 더 잘난 내가 되겠다고 발버둥쳤던 나는 40년 넘게 허방 짚었다. 새해 소망이 있다면, 이제라도 늦지 않았다면 나도 '땐뽀' 할 수 있기를.

그때까지 행복해질 수 없다

'나는 그때 뭘 했지?'

1994년 중학생 은희의 일상을 세밀화로 그린 김보라 감독의 영화 〈벌새〉를 보다 생각했다. 영화에서 성수대교 붕괴 사건이 나왔을 때다. 1994년 10월 21일 오전 7시 40분, 성수대교 북단 다섯째, 여섯째 교각을 잇는 상판이 내려앉았다. 다리를 건너던 차들이 한강으로 떨어졌다. 버스도 있었다. 그날 32명이 숨졌고 그중 아홉 명은 무학여중고 학생들이었다. 영화 속 은희 언니는 무학여고에 다니는데 지각하면서 사고를 면했다. 은희는 강가에서 무너진 성수대교를 바라보며 울먹였다.

나는 은희가 살던 그 아파트에서 살았다. 동네에서 무학여중고에 다니는 아이들을 꽤 봤다. 그 학교 교복도 어렴풋이 기억난다. 그런데 참사가 일어난 날은 기억나지 않는다. 아마 뉴스로 흘끗 보고 말았던 거 같다. 나랑 상관없는 일이었다. 수능이 코앞이었다. 성수대교가 무너진 그날, 나는 아마도 매일 그렇듯 밥 먹고 교과서를 외거나 문제집을 풀며 새벽 2시까지 하는 동굴 같은 독서실에서 졸다 깨다 했을 거다. 절박했다. 내가 안전할 수 있는 '신분'을 따내려면 이 시험에서 반드시 이겨야 했다. '실패하면 한국에서 인간 대접 못 받는다' 그렇게 생각했다. 그걸 공부라 말할 수 없겠다. 칸트가 지은 책이름 따위를 달달 외웠는데, 그래서 칸트에 대해 하나도 모르면서 아는 줄 착각했다. 암기는 '신분'을 따기 위한 도구였으니 그 의미 따윈 상관없었다. 동네에서 마주쳤을지 모르는 내 또래 아이들이 죽었는데, 나는 슬플 겨를이 없었고 슬프지도 않았다. 돌아보면, 내 안에 사람으로서 중요한 부분이 그렇게 죽어버렸던 것 같다.

그때나 지금이나 내가 느끼는 세계는 위험한 곳이다. 내 안전과 존엄은 성수대교처럼 갑작스럽게 무너져버릴 수 있다. 불안하다. '신분'이 유일한 안전망 같다. 집에서 학교에서 내가 배운 세계는 위계로 짜인 곳이었다. 위로 올라가거나 내려가거나 두 가지 선택밖에 없는 곳,

떨어지면 바로 강바닥인 곳. 요즘 나는 내가 느끼는 불행의 바탕에는 이런 인식이 깔려 있다고 생각한다. 무엇이 기준이건 나보다 '윗줄'에 있는 사람 같으면 기죽거나 동경하고, 나보다 '아랫줄'이라면 무시하거나 동정하니 공감과 소통이 들어설 자리는 왜소하다. 그러니 당연히 외롭다. 외로우니 안전에 대한 불안이 커지고 신분을 향한 열망도 자란다.

고든 올포트의 《편견》을 읽다, 계속 이런 방식으로 세상을 보다가는 그 결과가 외로움만으로 끝나지 않을지도 모른다는 생각이 들었다. 거칠게 요약하자면, 타 집단에 대한 편견이 큰 사람일수록 세상을 두려운 곳으로 인식한다. 억압과 처벌이 지배하는 권위적 환경에서 자란 아이는 신뢰가 아니라 힘이 인간관계의 핵심이라고 배우고, 이는 편견을 키우는 토대가 될 가능성이 크다. 자기 안에 '나쁜 속성'은 처벌을 불러올 수 있으니 억압되는데, 이 '나쁜 속성'은 고스란히 타자라는 거울에 투사된다. 자신의 가치는 지위로만 느낄 수 있는데 지위는 언제든 떨어질 수 있으니 이 위계적 세계는 좌절과 불안의 지뢰밭이다. 좌절은 '쉬운' 타자를 향한 공격으로 종종 바뀐다. 속으로는 두려움에 떠는 사람이 그나마 자신의 가치를 느끼려면 내려다볼 타인이 필요하다.

그렇게 살고 싶지는 않다. 순전히 내 행복을 위해서 나는 기도한다. 세상이 사다리가 아니라 거미줄인 걸 느끼게 해달라고. 사람의 본성은 서로 사랑하고 공감하는 것이라고 절감하게 해달라고. 기도는 아직 이뤄지지 않았다. 기도가 이뤄질 때까지 나는 절대로 행복해질 수 없을 거다.

김종분 씨와 곰돌이 푸

    김종분 씨(82세)는 지하철 왕십리역 11번 출구 앞에서 노점을 한다. 이 자리에서만 30년 넘었다. 그는 요즘 "막가파 인생"을 살며 "최고로 호강하고 있다"고 말한다. 맨해튼에 캐리와 친구들이 있고 왕십리엔 종분 씨와 친구들이 있다. 다큐멘터리 〈왕십리 김종분〉(감독 김진열)에서 할머니 넷은 종분 씨 노점에 모여 앉아 수시로 연탄불에 가래떡을 구워 먹는다. 별말도 안 한다. 다들 그 자리에서 십 수 년 장사했다. 이름 대신 '야채' '꽃장사' '우리슈퍼'라 부른다. 매일, 오래 본 사이다. 종분 씨가 일 있어 '야채'가 가게를 봐준 날, 한 남자가 예전에 종분 씨에게 꿨다며 2만 원을 건넸다. 종분 씨가 돌아오자 '야채'는 결산보고를 한다.

"10만 2000원 들어온 중에 6만 원 내가 썼어."

넷은 음식점에서 뽑아온 100원짜리 믹스커피를 함께 마신다.

"꽃장사가 화투 치재. 10원짜리."

이 할머니들은 같이 살지는 않는데 퇴근해도 모여 있다. 그날 30년 전 종분 씨에게 3만 원을 꿔 간 남자가 어제 본 사람처럼 나타나 6만 원을 갚고 호박, 모과를 두고 갔다. 종분 씨는 그 6만 원 중에 1만 원을 잘 알지도 못하는 남자한테 덜컥 또 꿔줬다. "그 돈은 왜 주냐"고 한 친구가 좀 나무랐다. 넷은 같이 호박죽을 끓여 먹었다.

4인방의 삶은 고만고만하게 지난했다. 종분 씨는 낮에는 가정부로 일하거나 건설현장에서 모래짐을 날랐고 해가 지면 노점을 했다. 그렇게 번 돈으로 연탄 두 장을 사 들고 집에 가 그날 밤 추위를 면했다. 그 세월을 지나 종분 씨는 이제 이렇게 말했다.

"더도 말고 덜도 말고 지금이 딱 좋아."

종분 씨는 홀로 통곡할 때가 있다. 30년이 흘렀지만 그는 딸의 비석을 쓰다듬으며 여전히 운다. 그의 둘째 딸이 1991년 5월 25일 과잉진압으로 숨진 고 김귀정 열사다. 종분 씨가 살던 동네에서 몇 안 되는 대학생이었던 둘째 딸은 숨질 당시 스물네 살이었다. 그런 고통은 사라지지 않는다. 다만 견뎌진다. 10원짜리 화투를 치며, 가래떡을 구워 먹으며, 믹스커피를 홀짝이며, 딸을 기억하는 사람들과 함께.

한동안 언제나 행복한 푸 시리즈가 인기를 끌었다. 아예 저자 이름이 곰돌이 푸인 책들이 베스트셀러가 됐다. "나를 사랑한다면 어쨌든 즐겁게 살 수 있어요." 그런데 푸는 혼자서도 자기를 사랑할 수 있을까?

푸는 쫓겨날 일이 없는 자기 공간이 있다. 독거인데 문만 열고 나가면 친구들이 있다. 넘쳐나는 사랑을 주체하지 못하는 피글렛이 따라다닌다. 아무도 푸에게 바지를 안 입을 거면 살이라도 빼라고 하지 않는다. 이 마을에서 우울한 당나귀 이요르만 집이 없는데, 푸와 피글렛이 이요르의 집을 짓는다. 푸는 "최고의 집"이라고 생각한다. 집들이 날, 동네 친구들이 몰려든다. 이 에피소드에는 이런 내레이션이 흐른다. "푸와 피글렛은 자기들이 한 일이 자랑스러웠습니다."

어릴 때 봤던 만화영화들은 대개 그랬다. 스머프 마을에서 스머프들은 따로, 또 함께 살았다. 고만고만한 집에서 혼자 살고, 일어나자마자 친구를 만났다. 투덜이,

똘똘이, 개구쟁이…. 개성은 있고 우열은 없었다. 사실 어린 시절 이 만화들에서 행복해지는 법을, 적어도 삶의 고통을 견뎌내는 법을 다 배워놓고, 모르는 척 푸에게 자꾸 물어본다.

김종분 씨는 1년에 한 번 가족들과 함께 몇 백 명의 밥을 한다. 여전히 딸의 추모식에 오는 사람들에게 먹일 밥이다. 둘째 딸 대신 딸의 친구가 그를 종종 찾아온다.

"나는 할 일 다 했어. 아들도 낳아봤고 딸도 낳아봤고 집도 사봤고 날려보기도 했고 곗돈 뺏기기도 해봤고 식모살이도 해봤고…. 작은(둘째) 딸이 있어서 팔도강산 다 돌아다니며 대학생들을 만나고 유가협(전국민족민주유가족협의회) 식구들도 알게 됐고…."

종분 씨는 울면서 웃었다.

당신은 혼자가 아니라는 인기척

- 무연고 장례를 지원하는 사단법인
  '나눔과나눔' 박진옥 상임이사

2021년 2월 28일 서울시립승화원 공영장례식장에 고 이진덕(가명), 고 박인정(가명) 두 위패가 세워졌다. 위패 앞에 나물, 대추, 감, 배, 국과 밥 등이 놓였다. 유족은 오지 않았다. 검은 양복을 입은 한 남자가 자원봉사자 일곱 명 앞에 섰다. 무연고 장례를 지원해온 사단법인 '나눔과나눔'의 박진옥(48세) 상임이사(이하 직함 생략)다. 고 이진덕 씨(47세)는 서울 영등포구에 있는 여관에서 살다 2021년 2월 3일 숨진 채 발견됐다. 사인은 급성심근경색으로 추정됐다. 고 박인정 씨(66세)는 서울 노원구에 살다 2월 21일 병원에서 직장암으로 숨졌다. 자원봉사자가 향을 피운 뒤 무릎을 꿇고 술을 올렸다. 박진옥이 축문을 낭독했다. "외롭고 힘겨웠을 삶의 무게를 내려놓고 영원히 가시는 길이 아쉬워 이렇게 술 한 잔 올려드립니다." 가족이 없는 박인정 씨 유골은 '추모의 집'에 안치됐다가 5년 뒤 합동 매장된다. 가족이 주검을 국가에 위임한 이진덕 씨 유골은 시립승화원 유택동산에서 산골됐다. 이날 모인 낯선 추모객들은 산골한 자리에 국화 꽃잎을 뿌렸다.

고 이진덕, 고 박인정 씨의 장례식에서 나는 울었다. 내가 고인에 대해 아는 거라곤 생전 주소와 나이, 사인뿐이다. 그런데 눈물이 멈추지 않았다. 남 일 같지 않아서일 수 있다. 혼자 사는 나는 얼마든지 무연고자로 죽을 수 있다. 죽으면 그만이지 싶다가도, 내 몸이 물건 취급받지 않길 소망하게 된다. 그런데 내가 서러웠던 까닭은 그것만은 아니었다. 같은 사람으로서 떠나버린 사람에게 느끼는 슬픔이었다. 때론 왜 견뎌야 하는지 알지 못하는 고통을 견뎌 온, 같은 사람에게 보내는 연민이기도 했다. 자신이 사람임을 확인할 수 있는 방법은 오로지 서로 사람임을 확인해주는 것뿐임을 그 장례식은 보여주고 있었다.

직계 가족이 없거나, 가족이 장례를 치를 수 없는 형편인 주검은 어떻게 될까? 서울시립승화원 공영장례 전용 빈소는 2018년 만들어졌다. 서울시가 광역지방자치단체 중 처음으로 공영장례서비스를 시작한 뒤다. 그전에는 나눔과나눔이 푸른색 이삿짐 박스에 병풍과 제기, 제물 등을 담아 와 승화원 빈 유족대기실에서 장례식을 했다. 2016년부터다. 그때까지 무연고자 주검은 애도의 시간 없이 지자체에서 운구해 봉안했다. 서울시가 나눔과나눔이 만든 공영장례 모델을 받아 응답하기까지 3년이 걸렸다. 여전히 나눔과나눔의 역할은 끝나지 않았다. 공영장례 상담센터를 운영하고 장례 지원을 한다. 자원봉사자를 조직하고 유족을 위로한다. 서울시에서 받는 지원은 상담 전화비뿐이다. 나눔과나눔은 2020년 660명 장례를 치렀다. 2019년 429명보다 크게 늘었다.

66 오늘 이진덕 님은 저랑 한 살 차이네요. 그분이 2월생이니까 저랑 같은 학교에서 공부했을 수도 있어요. 장례 치르고 집에 가면 쓰러져 자요. 2020년엔 정말 힘들었어요. 80일 동안 하루도 빠지지 않고, 어떤 날은 두 번씩 장례를 치렀어요. 99

어떤 장례는 잊히지 않는다.

66 처음 유골함을 안았을 때가 아직 생생해요. 2016년 2월
이었어요. 죽음의 이미지는 차갑잖아요. 유골함을 딱 받았는
데 뜨거운 거예요. 한 번도 만나본 적 없지만 그분의 마지막
온기 같았어요. 끌어안게 되더라고요. 처음 치른 아기 장례
는 잊히지 않죠. 2016년 3월인데 관이 사과 상자만 했어요.
실감 나지 않았어요. 아기가 있을 거라곤 생각 못 했던 거예
요. 베이비박스에서 어린이병원으로 옮겨진 뒤 숨진 20개월
아기였어요. 부모가 치료비를 감당하지 못해 베이비박스에
두고 가는 경우도 많아요. 국가가 아이를 치료해주지 않을까
해서요. 그 아기 유골은 여전히 무연고 '추모의 집'에 있겠네
요. 99

2019년 무연고 사망자 수는 2536명이다. 2016년 1820
명보다 39퍼센트 늘었다. 장례비용 등이 부담돼 가족이 주
검 인도를 포기한 건수는 2016년 622건에서 2019년 1583건
으로 2.5배 늘었다(더불어민주당 고영인 의원이 보건복지부와 전국 17
개 시도에서 제출받은 자료).

275

" 무연고 사망 통계를 내는 데 몇 달이 걸려요. 국회의
원이 요청하면 보건복지부가 지방자치단체에서 자료를 받
아 취합하거든요. 복지부 소관이 아니니까요. 이 가운데 홀
로 숨진 고립사가 몇 명이나 되는지 잡히지 않아요. 통계는
2014년부터 나왔는데 매년 똑같아요. 무연고 사망자가 해마
다 증가하니 문제라고요. 누가 문제인지 모르나요. 누가 왜
홀로 죽는지 파악해야 대책이 나오죠. "

그는 이 통계에서 사회적 의미를 읽는다.

" 통계를 보면 무연고 사망자가 가장 많이 나오는 연령층
이 매년 올라가요. 2014년에는 50대 후반 남성이었어요. 지
금은 60대 초반이에요. 이게 뭘 의미할까요? 물론 1인 가구
가 많아지고 사회적 단절이 심해진 것도 사실이죠. 그런데
특정 세대가 사회적 단절 속에 늙어간다는 뜻이기도 해요.
저는 그 집단이 1997년 IMF와 경제위기로 넘겨졌던 사람들
이라고 생각해요. "

사회적으로 고립돼야만 무연고자가 되는 것은 아니다.
가족, 이웃이 있어도 무연고자가 될 수 있다. 이제까지 법적

직계 가족과 배우자만 주검을 인도받아 장례를 치를 수 있었다. 수십 년 함께 살아도 법적 배우자가 아니면 장례를 치를 수 없었다. 조카나 며느리도 마찬가지다. 당사자가 숨지기 전 장례집행자를 정할 수도 없었다. 무연고 장례를 치르며 나눔과나눔은 이런 현실을 기록했다. 2019년에는 국제 심포지엄도 열었다.

66 사실혼 관계인 배우자들이 제일 안타깝죠. 처벌받을 테니 유골 가져가게 해달라 애원하는 분도 있었어요. 매년 10월 무연고 합동 위령제를 하는데 조카들이 와서 엄청 울어요. DNA 상으로 모자 관계라도 법률상 모자 관계가 아니면 어머니 장례를 못 치러요. 어릴 때 큰집으로 입양 간 형의 장례를 법적으로는 사촌이 되는 바람에 치를 수 없는 경우도 있었고, 수십 년 정을 나눈 동료나 이웃의 장례를 못 치러 무연고로 보내야 했던 분도 있어요. 99

2020년 보건복지부가 지침을 개정했다. 나눔과나눔이 기록했던 사례를 바탕으로 사실혼 관계 등일 경우 연고자로 지정받을 길이 열렸다. 나눔과나눔이 제안해온 '가족 대신 장례'가 첫발을 뗀 거다.

2020년 '가족 대신 장례'가 열 차례 있었죠. 하지만 법 개정이 아니고 '지침'이라 한계가 많아요. 일단 장례를 바로 못 해요. 직계가족이 없는 게 확인되거나 가족이 주검을 위임해야 '가족 대신 장례' 절차를 밟을 수 있어요. 다른 법과 충돌하는 지점이 있죠. 의료법상으로는 여전히 직계가족이 아니면 병원에서 사망진단서를 못 받아요. 주검 인도도 못 하고요. 연고자나 장례주관자로 지정되면 구청에서 발급한 공문을 들고 다니며 일일이 설명해야 해요. 바뀐 지침에는 고인이 생전에 유언장에 유언집행자를 지정할 수 있는데 실제로는 다른 법과 충돌하기 때문에 유언장을 공증해주겠다는 변호사가 없어요. 한국 법의 근본 체계를 바꾸는 작업이 필요해요.

공영장례, '가족 대신 장례' 등 나눔과나눔이 제안했던 변화는 현장에 뿌리를 두고 있다. 2011년 국제앰네스티 한국지부에서 일하던 그를 포함해 네 명이 '위안부' 피해자 할머니 장례를 치르자고 모인 게 시작이다. 2011년 1월 김선희 할머니 장례식을 치르고 6월 공식 발족했다. 무연고, 기초생활수급자 장례 지원을 했다. 홈리스 추모제 등도 벌였다. 박진옥은 2013년부터 상근으로 나눔과나눔에서 일했다.

66 처음에 거창한 계획이 있었던 건 아니에요. '존엄한 삶의 마무리'라는 당위는 있었는데 모든 게 막연했죠. 한국에 공영장례 모델이 없었으니까요. 처음 비영리민간단체 신청할 때 서울시 담당 공무원이 받아주지 않았어요. '듣보잡'인 거죠. '장례가 어떻게 공영일 수 있냐' 그래요. '가난한 사람들한테 뭐 뜯어먹을 거 있어서 그런 일을 하냐'는 사람도 있었어요. 저희는 질문했어요. '돈 없어서 치료 못 받으면 안 되는 것처럼 돈 없어서 가족 없어서 장례 치르지 못하는 게 왜 당연한가.' 99

나눔과나눔은 2014년 비영리민간단체 지정을 받았고 3년간 서울시 비영리민간단체 공익활동 지원 사업으로 선정됐다. 당시 지원은 매년 4월부터 11월까지만 받을 수 있었다. 사람은 계절을 가리지 않고 숨졌다.

66 나머지 달에는 저희 예산으로만 장례를 꾸렸죠. 2011년에만 해도 구청에서 보낸 공문에 이렇게 쓰여 있었어요. '시신 처리 협조.' 지금은 '장례 협조'로 바뀌었죠. 처음엔 후원자도 다 지인이었어요. 지금은 후원자가 350여 명이에요. 오늘 술 올린 자원봉사자는 매주 와요. 2020년 여름엔 대학생

한 분이 여동생이랑 방학 내내 왔어요. 예전에는 결혼하고 자식 낳는 게 당연했는데 이제는 그렇지 않으니 2030세대는 오히려 더 '내 문제'로 공감하는 거 같아요. "

"살아 있는 사람 도와야 하는 거 아니냐" "무연고 죽음은 그가 살아온 결과 아니냐" 이렇게 질문하는 사람들에게 박진옥은 나눔과나눔의 활동이 "살아 있는 사람들을 위한 것"이라고 답한다. 그는 나눔과나눔의 활동을 "인기척"이라고 부른다.

" 소방관이 사람을 구하러 화염 속으로 들어갈 때 쿵쾅쿵쾅 소리를 낸대요. '내가 당신을 구하러 간다, 당신은 혼자가 아니다.' 고립감을 느끼면 사람이 빨리 죽음에 이른다고 해요. 저희도 그렇게 인기척을 내는 거예요. 돌아가신 분들뿐만 아니라 비슷한 처지에 계신 분들에게도 당신은 혼자가 아니라고 알리는 거죠. 저희가 장례 치러드리기로 약속한 어르신들은 자랑하고 다녀요. 문의하는 분도 많고요. 쪽방촌 방은 두 사람 앉으면 꽉 차거든요. 한쪽 벽에 제 이름과 전화번호가 적혀 있었어요. 이분들은 죽음이 아니라 죽음 뒤가 두려운 거예요. "

장례를 직접 치르지 못하고 떠나보낸 유족이나 불안한 시대를 사는 우리에게도 '인기척'은 필요하다. 그가 주검을 위임할 수밖에 없었던 유족과 대화를 많이 하는 이유다.

그분들은 이야기하며 기억을 정리할 수 있어요. 애도의 시간을 가져야 일상으로 돌아갈 수 있어요. 아픔을 간직한 가족들이 잊히지 않아요. 가정폭력으로 아버지와 오랜 시간 의절했던 딸이 장례에 온 적 있어요. 아버지 장례가 끝나고 제게 문자를 보냈어요. 이제 미움을 내려놓을 수 있게 됐다고. 아마 공영장례가 없었다면 장례하지 않았을 거예요. 공영장례가 있으면 유족에게 갈지 말지 선택권이 주어지잖아요. 물론 장례식 한 번 치른다고 깊은 상처를 다 내려놓을 수는 없겠죠. 하지만 계기가 될 수는 있어요.

그가 공영장례에서 마주한 것은 타인의 고통이 아니라 내 문제, 내 이웃의 문제라고 했다.

저도 무연고자가 될 수 있어요. 서울 송파구에서 30년 공무원 했던 분의 장례를 치른 적이 있어요. 그분 마지막 주소지가 서울 불광동 주민센터예요. 빼긋했는데 재기하지 못

하면 누구나 무연고자가 될 수 있어요. 공영장례 전용 빈소가 마련된 건 서울시가 전국 최초예요. 초기 모델이죠. 이런 곳이 전국 곳곳에 생겨야 해요. 누구나 기본적으로 존엄한 삶의 마무리가 가능하다는 걸 보여주는 상징적인 공간이에요.

나눔과나눔은 기록으로 변화를 만든다. 한 사람 한 사람의 사연을 그냥 흘려보내지 않는다. 누리집에는 나눔과나눔이 장례를 치른 사람들의 사연뿐만 아니라 한국 사회 굵직굵직한 참사들로 희생된 이들의 이름이 기록됐다. '나눔과나눔'의 'Re'member' 프로젝트 가운데 하나다. 'Re'member'는 '당신을 기억한다'는 뜻이며 '다시Re' 우리 사회 공동체의 구성원member으로 불러들인다는 뜻이다. 10월 21일 '성수대교 붕괴 참사 희생자 애도의 날' 글에는 희생자의 이름과 사연이 하나하나 기록됐다. "생일을 이틀 앞두고 떠난 배지현 님(사고 당시 16세), 곧 태어날 손자를 미처 보지 못하고 떠난 최정환 님(사고 당시 55세)…."

나, 내 가족, 지인의 죽음일 수도 있어요. 기록을 남기지 않으면 기억은 사라져요. 사회적 기억이 우리 현재 삶을 변화시킬 수 있어요. 누군가의 죽음을 마주하는 건 쉽지 않죠. 죽음을 터부시하는 문화도 있고요. 하지만 알아야 해요. 우리 이웃이 어떻게 삶을 마감했는지. 무연고자는 특별한 누군가라고 생각했던 사람들이 기록을 보며 내 이웃이라는 걸 느낄 수 있게 돼요. 그런 생각들이 모여 변화를 만들어요.

나눔과나눔의 상근 활동가는 그를 포함해 셋이다. 서로 별명을 부른다. 그는 바람모둥이, 김민석 팀장은 그루잠, 임정 팀장은 이플이다. 배안용 이사장도 매주 두 차례 장례에 참여하는 준활동가다. 2018년 서울시가 공영장례서비스를 시작하며 서비스 맡을 업체를 선정했을 때 정작 공영장례 모델을 활동으로 보여준 나눔과나눔은 공개입찰에 응하지 않았다.

나눔과나눔의 핵심은 연대예요. 장례 전문가는 이미 많아요. 공영장례가 되면서 장례식을 입찰받은 업체가 맡게 됐죠. 저희는 장례 진행을 도우면서 공영장례와 관련된 상담을 받고 고인을 애도해요. 지금은 과도기예요. 나눔과나눔이 만든 공영장례 모델을 공공이 가져간 것처럼 지금 저희 역할도 공공에 넘어가 제도로 만들어져야죠. 저희 꿈은 자기 소멸이

에요. 누리집에 약속했어요. 30년 뒤엔 사라지겠다고. 저희
가 더 이상 필요 없어져야죠.❞

그를 인터뷰하고 이틀 뒤 나는 다시 서울시립승화원에
갔다. 친구 아버지가 돌아가셨다. 한 소복 입은 중년 여자가
화장장으로 들어가는 관을 붙들고 통곡했다. "여보 미안해."
그 여자는 혼자였다. 뒤에서 수군거리는 소리가 들렸다. "아
무도 없나봐." 그런데 조금 뒤 그 여자 옆에 한 남자가 섰다.
나눔과나눔 박진옥 상임이사였다. 그가 여자를 부축했다.

그는 나를 보지 못했다. 친구 아버지의 화장이 진행되
는 동안 유족 대기실 의자에 앉아 그 여자의 이야기를 듣는
그를 보았다. 1시간이 지난 뒤 그 자리에 가보니, 그는 여전
히 듣고 있었고 여자는 울음을 그쳤다.

살아 있는 것들은 모두 짠하지

2022년이라니 실화냐? 아직 2020년이라고 날짜를 잘못 쓴다. 뭔가 사기당한 듯해 누구 멱살이라도 잡고 싶다. 나는 10년 전 어느 때를 맴돌고 있는데 거울을 보면 40대 중반 여자가 서 있다. "누구세요? 되도록 만나지 맙시다."

단어가 입안에서만 맴돌 때가 있다. 치과에서 '마취'라는 낱말이 생각나지 않았다. 간호사를 빤히 보며 웅얼거렸다. "그거 있잖아요, 통증 없애는 거. 무통주사요." 애 낳냐? 고유명사들은 통장 잔고 사라지듯 순식간에 종적을 감춘다. 리어나도 디캐프리오 이름이 떠오르지 않았다. "그 큰 배 있잖아." 친구가 고개를 끄덕였다. "그 배가 막 가라앉아." "타이타닉?" "그치. 그 영화에 나온 남자 배우." 나이 들수록 낱말이 사라져버린다고 걱정하니 친구가 "옛날에도 너는 그랬다"며 위로했다. 점점 고유명사는 대명사로 대체될 테니 '이거, 그거'라 해도 척척 알아들을 친구를 아껴야 한다.

내가 나라고 믿었던 나와 실제 나 사이의 괴리가 점점 벌어진다. 내가 그리 특별한 존재가 아니라는 걸 받아들여야 어른이 된다. 아프고 죽을, 필연적으로 의존하는 존재라는 걸 깨달으며 나이가 든다. 어쩌면 약한 나를 껴안아야만 세상과 연결될 수 있을지 모른다.

동네에 '새 할머니'가 있다. 아침 7시쯤 엉덩이까지 축 늘어지는 배낭을 메고 공원에 나온다. 새들 먹으라고 조, 수수 따위를 뿌린다. 길고양이 사료통도 채워 넣는다. 그 할머니 곁엔 늙은 개가 있다. 개가 사람보다 더 느리다. "아침마다 나오세요?" "내가 나이 들고 여기저기 아프니까, 아픈 것들, 배고픈 것들을 그냥 못 보겠어." 산수유는 어느 참에 지고 없다.

어디까지가 내 몸일까? 빌 설리번의 《나를 나답게 만드는 것들》을 보면, 내 몸이라도 온전히 내 것은 아니다.

브로콜리나 커피를 좋아할지, 고수에서 비누 맛을 느낄지, 잘 중독될지, 자주 우울해질지 등에 유전자뿐 아니라 환경이 큰 영향을 미친다. 장내엔 세균 1만 종이 사는데 이 세균이 없으면 나는 없다. 몸속 세균 무게를 다 합치면 1.3킬로그램, 뇌 무게에 맞먹는다. 무균실에서 키운 쥐는 사료를 줘도 바짝 마르고 면역계는 엉망으로 망가졌다. 스트레스 수치가 솟구치고 신경증 증상을 보였다. 이 쥐에 정상 쥐 맹장에서 채취한 세균을 묻혀주자 살이 붙고 스트레스 수치도 줄었다. 정상 체중 생쥐의 세균을 묻혀주면 체중이 30퍼센트, 비만 생쥐의 세균을 주면 50퍼센트 늘었다. 식생활에 따라 장내세균 구성이 달라지고 이 세균들의 취향에 따라 입맛이 변한다. 세균 입맛이 당기는 음식으로 내 손이 간다. 장내세균은 신경전달물질과 호르몬을 만들어 뇌와 소통한다. 멸균 쥐에게 우울증 환자의 장내세균을 접종하면 우울 증상을 보였다. 내 몸속 세균이 달라지면 나도 달라진다.

　나는 공생의 증거다. 내 몸엔 내 유전자만 있지 않다. 생물학자 린 마굴리스는 《공생자 행성》에서 진화의 핵심 추진력은 공생이라고 주장했다. 내 세포 속에 있는 미토콘드리아는 일종의 발전소다. 미토콘드리아가 없다면 내 몸은 에너지를 만들 수 없고 이 글도 쓸 수도 없다. 이 미토콘드리아의 DNA는 내 DNA와 다르다. 산소 호흡 하는 세균의 DNA를 닮았다. 미토콘드리아는 원래 독립된 세균이었는데 내 세포와 융합해 한 몸이 됐다는 증거다. 린 마굴리스는 더 나아가 모든 생물의 뿌리는 세균이라고 주장했다. 세균들의 융합으로 동물도 식물도 탄생했다. 그는 말한다.

"우리가 특별한 혜택을 입은 존재라는 집요한 환상은 그저 그런 포유류라는 우리의 진정한 지위를 제대로 보지 못하게 한다."

지구 입장에서 보면 인간이나 세균이나 살아 있는 시스템에 속한 연결된 조각들이다. 세균이 없다면 인간도 없다.

자신의 약함을 받아들이지 못하면, 지구는커녕 타인과도 연결될 수 없다. 성경에 등장하는 욥은 재수 없는 사람이다. 부자인데다 김태희 급 미모의 자녀를 뒀고 그 옛날에 성평등을 실천하는 의인이었는데 갑자기 모든 걸 잃었다. 신의 뜻 말고는 아무 이유 없이 찾아온 불행이다. 가축은 불타고 가족은 죽고 자신은 심한 피부병에 걸렸다. 고립된 욥에게 세 친구가 찾아온다. '네가 죄 지어 벌 받았으니 회개하라'고 설득한다. 욥은 당최 이해할 수가 없다. 아무리 곱씹어도 잘못한 게 없다. 욥이 반박할수록 친구들의 협박성 충고가 세진다. 욥은 그 충고에 절규한다. "자네들은 언제까지 나를 슬프게 하고 언제까지 나를 말로 짓부수려나?" 욥은 끝까지 친구들의 말에 동의하지 않는다. 신에게 해명을 요구한다. '어서 이 불행에 대해 말이라도 해보소.' 그런데 신은 회개를 강요하는 친구들이 아니라 대화를 요구하는 욥의 곁에 있다.

이 이야기는 고통받는 사람 곁에 어떻게 서야 하는지를 보여준다. 욥의 친구들은 인과관계 뒤로 숨었다. 고통이 죄의 결과여야만, '선한' 자신은 고통당하지 않을 수 있다. 세 친구가 욥에게서 불행의 원인을 찾고 싶었던 건 욥을 위해서가 아니라 자신들의 안전을 위해서다. 불행의 원인을 개인에게 돌려 불행을 통제할 수 있다고 믿고 싶었던 거다. 충고인 척 인과관계를 따지는 태도는 아픈 너와 아직 아프지 않은 나 사이의 거리를 떨어뜨려 놓으려는 시도다. 그러니 이런 충고를 들으면 아픈 사람은 더 외롭다.

그런데 마음속에 불안이 있지 않나. 시련은 대개 그

냥 찾아온다. 불행의 원인은 종잡을 수 없거나 개인 너머에 있다. 그때 필요한 건 가르침을 주는 '선인'이 아니라 같이 있어줄 '그저 그런 포유류'다. 함께 있어주기는 충고보다 훨씬 어렵다. 타인의 불행이 자기 일이 되어야 하니까. 그 공감은 자신도 실은 약한 존재임을 인정하는 데서 시작한다고 나는 생각한다. 늙어가는 건 더 많이 공감하는 기회일지도 모른다.

일흔두 살 엄마는 염색하지 않는다. 이제 허리가 아프다. 가끔 툭툭 이런 말을 내뱉는다. "뒤돌아보니 낙엽만 우수수." 내 반려견 몽덕이가 중성화수술을 받고 온 날이었다. 분홍색 배에 붕대를 맨 몽덕이가 축 처져 자고 있었다. 개를 쓰다듬으며 늙은 엄마가 말했다.

"살아 있는 있는 것들은 모두 짠하지."

나의 아름답고 추한 몸에게

ⓒ 김소민, 2022

초판 1쇄 발행   2022년 4월 20일
초판 2쇄 발행   2022년 5월 20일

지은이   김소민
펴낸이   이상훈
편집인   김수영
본부장   정진항
편집1팀   김진주 이윤주 이연재
마케팅   김한성 조재성 박신영 조은별 김효진 임은비
경영지원   정혜진 엄세영
펴낸곳   ㈜한겨레엔 www.hanibook.co.kr
등록   2006년 1월 4일 제313-2006-00003호
주소   서울시 마포구 창전로 70 (신수동) 화수목빌딩 5층
전화   02) 6383-1602~3 | 팩스   02) 6383-1610
대표메일   book@hanien.co.kr
ISBN   979-11-6040-793-8 03810